Xochiquetzal

Uma princesa asteca entre os incas

Gerson Lodi-Ribeiro

1ª edição

São Paulo
2009

Editora
Draco

Gerson Lodi-Ribeiro

autor carioca de FC e história alternativa. Publicou *Alienígenas Mitológicos* e *A Ética da Traição* na edição brasileira da *Asimov's*. Autor das coletâneas de contos *Outras Histórias...* (1997), *O Vampiro de Nova Holanda* (1998), *Outros Brasis* (2006) e *Taikodom: Crônicas* (2009). Como editor, organizou as antologias *Phantastica Brasiliana* (2000) e *Como Era Gostosa a Minha Alienígena!* (2002). Trabalha desde 2004 como consultor da Hoplon Infotainment, sendo um dos criadores do universo ficcional do jogo online *Taikodom*.

Edição: Erick Santos Cardoso
Produção editorial: Janaina Chervezan
Consultoria e leitura crítica: Antonio Luiz M. C. da Costa
Revisão: Andréia Sczypula e Karlo Gabriel
Ilustração de capa: Roko

Dados Internacionais de Catalogação na Publicação (CIP)
(Câmara Brasileira do Livro, SP, Brasil)

Lodi-Ribeiro, Gerson
Xochiquetzal : uma princesa asteca entre os incas / Gerson Lodi-Ribeiro. – 1. ed. – São Paulo : Editora Draco, 2009.

ISBN 978-85-62942-02-0

1. Ficção brasileira I. Título.

09-11780 CDD-869.93

Índices para catálogo sistemático:
1. Ficção : Literatura brasileira 869.93

1ª edição, 2009

Editora Draco
R. Carlos Honório, 190 - 13
Jd. Esther Yolanda - São Paulo - SP
CEP 05372-070
draco@editoradraco.com
www.editoradraco.com

Sumário

O autor e a obra

NA VERDADE, O LIVRO que você tem em mãos foi escrito por Carla Cristina Pereira, uma historiadora carioca e torcedora do Fluminense, que estreou na carreira de escritora em 1998, em uma antologia reunindo literatura fantástica e futebol. Logo, seus contos falando de uma realidade em que portugueses tinham descoberto a América e se aliado às civilizações que aqui encontraram fascinaram os leitores. Porém, a identidade da moça foi um mistério para os admiradores da incipiente História Alternativa brasileira. Encantados com seu jeito fluido de escrever, tentavam de todas as formas descobrir quem estaria por trás daquelas bem traçadas linhas. Entre críticas positivas e declarações de amor enviadas, vários rumores de quem seria Carla Cristina Pereira corriam pelo meio da Ficção Científica nacional. Até mesmo eu fui considerada como uma possibilidade. Só que, apesar de carioca e historiadora, sou vascaína e infelizmente não escrevo tão bem.

Só neste ano de 2009 da Era Cristã (pelo menos na nossa linha temporal) o segredo guardado por tão poucos veio à tona em pequenas porções. Carla Cristina Pereira habita o corpo de Gerson Lodi-Ribeiro, um dos melhores escritores de Ficção Científica do Brasil e um dos maiores incentivadores da História Alternativa por aqui. Sua formação em Astronomia – é Mestre em Astrofísica - e seu gosto por História fazem com que passeie com tranquilidade da História Alternativa à Ficção Científica *Hard*, passando pela *Space Opera* do Universo *Taikodom*, projeto multimídia no qual é o criador do universo ficcional.

Um sucesso como profissional, publicado por duas vezes na 'Isaac Asimov Magazine' brasileira e atualmente contratado para escrever F. C., a carreira de escritor de Gerson remonta a época dos saudosos (para muitos) *fanzines*, revistas amadoras da década de 1980, pré-internet. Uma era remota e que passou por tantas mudanças que ele mesmo se denomina um dinossauro. Começou publicando em revistas como a *Somnium*, veículo oficial do Clube de Leitores de Ficção Científica, instituição da qual foi presidente e um dos principais divulgadores no Rio de Janeiro.

Essa característica gregária e incentivadora do autor estendeu-se: além de escritor, foi organizador de antologias marcantes da nossa literatura fantástica, como 'Como era gostosa a minha alienígena' (em parceria com Carlos Orsi Martinho), de contos eróticos, e 'Phantastica Brasiliana', na qual nossa História – já passada e ainda por vir – foi recontada. E se muitos apreciam a faceta de F. C. mais *hard* de sua obra, que dizem ser rara em autores brasileiros, na minha humilde opinião é nesse recontar da História que o talento narrativo de Gerson Lodi-Ribeiro pode transparecer em toda a sua força.

A História Alternativa é um gênero – também considerado como um subgênero da Ficção Científica – pouco cultivado por aqui. E apesar de ser definida pelo senso comum como um simples "E se...", não é nada fácil elaborar uma nova realidade – ou linha temporal. Para se criar uma nova História que seja consistente, é preciso ter um conhecimento profundo da que nos é familiar. Mas no caso do escritor, somente isso não basta. Como no caso de qualquer ficção histórica, há um frágil e delicado equilíbrio entre o excesso de didatismo e a quantidade exata de informação que deve ser passada para o leitor. O ambiente tem que envolvê-lo sem incomodá-lo com excesso de informações e sem deixar buracos que o afastem do que está sendo narrado. Uma medida certa que Gerson Lodi Ribeiro conseguiu alcançar com maestria. Ele trata a História com respeito, mantendo a coerência interna e uma ligação tangível com a realidade do leitor. Esses elementos tornaram a sua noveleta 'A ética da traição', já publicada na França e na Argentina, um clássico absoluto do gênero.

Não foi por capricho que ele precisou usar uma outra *persona* para assinar parte de sua obra – os estilos são diferentes, o olhar para a História também. Os textos que teriam sido escritos por Carla

Cristina Pereira têm um sabor de crônica, mas não aquela que lemos nos jornais diários. Eles remetem a crônica medieval e renascentista, que era narrada com vagar e sabor, em palavras e pensamentos por vezes ternos, por vezes carregados de ironia.

E esse livro que chegou a suas mãos, o primeiro romance publicado no gênero pelo autor depois de uma frutífera carreira como contista, é um exemplo brilhante dessa forma narrativa. Xochiquetzal é uma princesa asteca que casou com o almirante Vasco da Gama, um dos mais importantes navegadores portugueses, e por isso acompanhou em suas viagens, inclusive uma das mais famosas. É justamente a chegada da esquadra portuguesa a Calicute, já narrada anteriormente (ou posteriormente) por Camões, que é o nosso primeiro porto nessa viagem por uma Nova História. Porém, motivos e motivações diferentes guiam os lusitanos, que contam com ferozes guerreiros americanos em sua tripulação. A partir daí, acompanhamos a princesa através das suas próprias palavras. E Xochiquetzal torna-se uma narradora-protagonista tão convincente que é difícil imaginar que não haja uma mente feminina por trás dela. Acho que é por isso que se alimentou a procura por Carla Cristina Pereira por tanto tempo e tantos rumores surgiram. O mistério revelado só prova o que muitos já sabiam: a grandeza de um dos nossos melhores escritores.

Então, meus caros companheiros, convido vocês a subirem a bordo dessas naus cá embarcadas para que possamos acompanhar de perto a bela princesa nesse admirável mundo novo – tanto para ela quanto para nós – em que portugueses e americanos se uniram para singrar os mares nunca antes navegados. E nos deixemos conduzir pelo mestre timoneiro das palavras que é Gerson Lodi-Ribeiro.

Niterói, 17 de outubro de 2009
Ana Cristina Rodrigues

XOCHIQUETZAL

UMA PRINCESA ASTECA ENTRE OS INCAS

GERSON
LODI-RIBEIRO
Autor de ficções científicas e história alternativa, natural do Estado do Rio de Janeiro, no Brasil

DEDICA E OFERECE COM AMOR A
CLÁUDIA

SÃO PAULO,
Na Officina DRACO

MM. IX
Com todas as licenças necessárias

Introdução

ATUALMENTE POUCAS PESSOAS ignoram que as historiografias das civilizações extra-européias possuem uma dívida de gratidão profunda para com os cronistas nativos da primeira metade do século XVI, dentre os quais se destacam o inca Cuxi Yupanque (1492-1541) e, sobretudo, a princesa asteca Dona Xochiquetzal da Gama (1504-1589).

Nascida em Tenochilitão, capital da Tríplice Aliança que então governava Anáhuac (México Central), na última década que antecedeu o avassalamento lusitano, Xochiquetzal foi uma das primeiras cihuapipiltin (filhas da nobreza asteca) a se transformar numa fidalga lusitana. Contudo, ao contrário do ocorrido com centenas de nobres astecas de sua geração – convertidos à força em lusíadas após terem sido levados como reféns para Portugal sob pretexto de, por causa de sua ascendência elevada, fazerem jus não apenas à melhor educação que a Corte lhes podia oferecer, como também e principalmente, aos ensinamentos da Santa Madre Igreja, pois cabia evangelizar a nobreza asteca, trazendo-a para o seio da fé católica, para convencê-la a abandonar as práticas religiosas pagãs, sobretudo os sacrifícios humanos – ao desposar Dom Vasco da Gama aos treze anos de idade, Xochiquetzal tornou-se não apenas lusíada de direito *pro forma*, mas lusitana de fato.

Dotada de um poder de síntese invulgar e de um espírito observador aguçado, Xochiquetzal desfrutou do privilégio relativamente raro à época de acompanhar seu marido e a Esquadra do Mundo Oceano ao longo das expedições às Índias e à África. Regressando ao Atlântico, ela presenciou a destruição da cognominada Armada Invencível do Rei Carlos I de Espanha e, meses mais tarde, galgou os Andes junto com as forças aliadas inca-lusíadas durante a intervenção portuguesa na guerra civil que lavrou no Império Inca da terceira década do século XVI.

Com domínio admirável do vernáculo português de sua época e possuidora de um vocabulário rico, a um só tempo pitoresco e temperado por termos e expressões coloquiais em náuatle, além de surpreendentemente versada nos principais fatos históricos e científicos de seu tempo, essa mestiça cultural, princesa do mais puro sangue asteca, revela-se uma cronista perspicaz ao analisar do seu ponto de vista singular as causas, os fatos e as conseqüências das viagens épicas de Dom Vasco da Gama às Índias, a descoberta do caminho marítimo de regresso ao Atlântico, das guerras travadas pelos lusíadas contra os espanhóis tanto na Europa quanto na Ilha de Mana Rata e no Mar das Antilhas e, finalmente, na legendária expedição militar Andes acima para assegurar os direitos sucessórios do Príncipe Atahualpa.

Como membro da primeira geração asteca educada após o avassalamento imposto por Affonso de Albuquerque o Grande, de quem, aliás, Xochiquetzal tornou-se parente através do casamento (o primeiro Vice-Rei do México desposou sua meia-irmã, a Princesa Chalchiunenetl), a cronista transformou-se em figura histórica proeminente nas cortes da Tríplice Aliança, reputada como conselheira influente de seu irmão Itzcoatl II, tlatoani[1] que primeiro propôs a política de autonomia limitada que acabaria culminando na independência de Anáhuac, concretizada no século seguinte.

Após presenciar tantos e tão grandes portentos de uma posição privilegiada – em sua juventude como esposa de Vasco da Gama, na meia-idade como conselheira das cortes mexica e acolhua, na velhice como reitora da *Hue Calmecac* (primeira universidade nos moldes europeus fundada em Anáhuac) – ao fim de sua vida, consciente da fragilidade da tessitura histórica que estudava com afinco,

---

[1] Esclarecimento para os leitores que não dominam o náuatle: *tlatoani* significa "arauto" ou "porta-voz" neste idioma. Quando aplicado ao governante, o sentido é o de "porta-voz dos deuses". Os antigos astecas se referiam ao seu imperador como Huey Tlatoani, isto é, "Venerando Porta-Voz". O plural de *tlatoani* é *tlatoque*. Nota da editora.

Xochiquetzal da Gama deixou registrado seus pensamentos e suas dúvidas sobre o que poderia ter acontecido às gentes portuguesas, astecas e incas, caso Cristóvão Colombo não houvesse descoberto o Novo Mundo sob bandeira lusitana.

De acordo com a visão dessa cronista mexico-lusíada, tida como idealista e algo ingênua pelos cânones observados pelos ucronicistas atuais, Bartolomeu Dias poderia ter logrado dobrar o Cabo das Tormentas, para então circunavegar a África e chegar às Índias ainda em fins do século XV. Senhor absoluto do comércio das especiarias nesse cenário histórico hipotético, El-Rei Dom João II dirigiria as energias e os recursos de Portugal para a conquista das Índias e o controle do monopólio do comércio das especiarias, ao invés de dedicá-los ao avassalamento dos vastos impérios descobertos no Novo Mundo e à colonização do hemisfério ocidental.

No cenário hipotético imaginado por Xochiquetzal, quem sabe *Os Lusíadas* não teriam louvado conquistas diversas das que se concretizaram na realidade. Da mesma forma, o insigne João de Barros não teria escrito um imaginário *Décadas de Ásias*, em vez de seu clássico imortal, *Décadas de Cabrálias*?

Com as atenções portuguesas voltadas para o Oriente, quem então descobriria as Cabrálias?

Os espanhóis?

Embora Xochiquetzal não tenha se pronunciado sobre este ponto, historiadores posteriores dos séculos XIX e XX propuseram que os espanhóis poderiam ter desempenhado papéis análogos aos dos portugueses.

Os germes dessas especulações contrafactuais instigantes, conquanto heterodoxas, já aparecem presentes na narrativa da jovem esposa asteca de Dom Vasco da Gama.

De acordo com outra hipótese, esta sim, mais plausível, sem o patrocínio da Coroa Portuguesa às viagens de Colombo, o Novo Mundo permaneceria ignoto à imaginação e ao conhecimento europeus até meados do século XVI?

Lógico que nada disso ocorreu e nem poderia ter ocorrido.

Porque, aos olhos dos historiadores e ucronicistas atuais, a partir do naufrágio de Bartolomeu Dias na costa de África e do resultante malogro português de superar o temível Cabo das Tormentas para chegar às Índias, parece óbvio e inevitável que o Rei Dom João II acabasse por contrariar seu Conselho de Estado, decidindo financiar o sonho insensato daquele navegador genovês que os sábios lusitanos afirmavam (com inteira razão) estar grosseiramente equivocado em sua teoria de chegar às Índias navegando para o Ocidente. Porque, embora tenha sido realmente assim que Fernão de Magalhães chegou às Índias trinta anos mais tarde, os cálculos de Colombo estavam errados. Ao subestimar a circunferência terrestre, o navegador genovês supôs que a Ásia estivesse à metade de sua distância real.

De todo modo, soa no mínimo implausível tentar imaginar que Cristóvão Colombo pudesse ter descoberto as Cabrálias por qualquer outra bandeira que não a portuguesa. Uma idéia quase tão inverossímil quanto a de propor que Portugal fosse capaz de descobrir o caminho marítimo para as Índias já em fins do século XV ou, pior ainda, a de se cogitar seriamente que os portugueses pudessem estabelecer àquela época o monopólio do comércio das especiarias, como de fato o fizeram três ou quatro décadas mais tarde, só que já então com o emprego maciço de militares mexico-lusitanos nas guarnições dos fortes, feitorias e colônias fundadas nas Índias e nas Ilhas das Especiarias; frutos de um poderio bélico insuperável, forjado a partir da aliança entre portugueses e astecas, estabelecida na geração anterior.

Tampouco há justificativa plausível bastante para persuadir estudiosos e leitores a se ocuparem com o exercício intelectual estéril de imaginar como teria sido o Império Asteca de um Montezuma II que não fosse avassalado sob a égide de Affonso de Albuquerque. Ou imaginar o que aconteceria, duas gerações mais tarde, com o Império Inca de um Huayna Capac que não se houvesse deixado convencer por Fernão de Magalhães a estabelecer uma aliança mutuamente proveitosa com El-Rei de Portugal. Muito menos ainda lucubrar sobre o que teria ocorrido com as Três Cabrálias, caso não houvessem permanecido como possessões exclusivas da Coroa durante o período crucial de pouco mais de um século, iniciado com o fundeio das naus de Albuquerque no Golfo Mexicatl.

Cabe aqui um breve comentário final sobre a já referida tese espúria, hoje advogada por uns poucos historiadores europeus, segundo a qual, na ausência dos portugueses, o Novo Mundo poderia ter sido perfeitamente descoberto e colonizado pelos espanhóis.

Ora, da análise da situação política, econômica e diplomática reinante na Península Ibérica em fins do século XV e no início do século XVI, depreende-se com facilidade que essa hipótese simplista não se respalda nos fatos históricos. Afinal, a grave guerra civil que eclodiu na Espanha após a morte da Rainha Isabel de Castela em 1504 manteve aquele reino dividido entre castelhanos e aragoneses por onze anos e deixou a economia do reino unificado em estado deplorável, obliterando por completo qualquer pretensão séria que os espanhóis porventura pudessem nutrir de se apoderarem das riquezas das Cabrálias e do Oriente. A prova cabal da futilidade dos esforços espanhóis para arrancar aos portugueses ao menos uma parte das riquezas do Novo Mundo nos é fornecida justamente pelo malogro daquela expedição naval desastrada, enviada pela Espanha recém-unificada de Carlos I em 1524 para conquistar Anáhuac e a Cabrália do Norte.

Ademais, a questão pertinente que cumpre indagar, ainda que tão-somente em virtude da aplicação da metodologia da *reductio ad absurdum*, é a de como se teria dado esse suposto avassalamento de incas e astecas sob o jugo tacanho dos rudes castelhanos. Acaso estariam os espanhóis aptos a exercitar a diplomacia invulgar e o pragmatismo político desenvolto dos lusitanos, ferramentas empregadas para cooptar essas duas grandes civilizações autóctones? Seriam castelhanos e aragoneses hábeis e confiantes o bastante para armar astecas e incas com aço, pólvora e cavalos, como os portugueses o fizeram, para que as elites desses impérios pré-lusitanos agissem como vassalos leais de El-Rei no controle dos vastos domínios recém-adquiridos? Esta hipótese soa absurda. Ao contrário, é de todo provável que a visão de mundo acanhada e a conduta canhestra dos castelhanos acabasse conduzindo tanto à aniquilação das civilizações inca e asteca, quanto ao extermínio de outras culturas nativas.

Felizmente, não se faz necessário tecer especulações inúteis sobre tragédias e genocídios imaginários, até porque as proezas lusitanas e astecas impuseram à história do avassalamento um curso diverso.

Foi pelos olhos de Dona Xochiquetzal que as historiografias cabralina e européia tomaram conhecimento de algumas dessas proezas. Pois foi através das crônicas da então jovem esposa asteca de Dom Vasco da Gama que a posteridade histórica veio a ter contato com o cotidiano a um só tempo heróico e prosaico das façanhas dos lusitanos e de seus aliados, primeiro na baía de Calicute, mais tarde no Atlântico (então chamado Oceano d'El-Rei) e, enfim, no envolvimento decisivo dos lusíadas na guerra civil que grassava no Império Inca; uma narrativa impregnada de recursos estilísticos incrivelmente modernos que só se conclui no interior das muralhas de Cusco nas Alturas.

Ao longo desta narrativa, no esforço de adaptar o texto de Xochiquetzal da Gama para o público leitor moderno, sempre que possível tentamos conservar inalterado o sabor marcante das construções verbais e frasais originais. Procedemos de maneira idêntica em relação às posições relativas que os pronomes e as formas verbais que lhes dizem respeito ocupam no seu discurso.

Abriu-se mão do recurso de se incluir um glossário, na medida em que se julgou que na seqüência da leitura do texto que se seguirá tudo vai se entendendo cada vez melhor. Acreditamos que o sentido de um ou outro termo ou expressão a princípio mais obscuro irá se aclarar progressivamente no decorrer da própria leitura.

Chalchiunenetl F. Mendes Pinto
Rio de Janeiro, 31 de março de 2007.

Xochiquetzal e a Esquadra da Vingança[2]

De como Dom Vasco da Gama vingou El-Rei Dom Manuel, o Senhor dos Sete Mares, pelo assassínio de Dom Fernão de Magalhães em Calicute.

[2] "Xochiquetzal e a Esquadra da Vingança" foi originalmente publicado como conto nas antologias *Pecar a Sete* (Simetria, Portugal, 1999) e *Phantastica Brasiliana* (Ano-Luz, 2000). Sua tradução foi publicada na revista australiana de ficção científica *Altair*. Essa versão em inglês foi finalista do *Sidewise Awards 2000*, a premiação internacional mais importante da história alternativa.

"Senhor, o Samorim de Calicute aprisionou vossos súbditos, mandou matar um vosso Capitão-Mor e fez de nós escárnio por todas as Índias. Se nós lá não tornarmos para nos vingarmos desta injúria, ele decerto fará outras muito piores, pelo que no coração tenho grande vontade e desejo de destruir."

(Vasco da Gama em Carta a Dom Manuel em 1521)

DEPOIS DE MESES E MESES a cruzar o Mundo Oceano e de um punhado de paragens em terras estranhas, eis que enfim chegamos à legendária Calicute!

Descortinava-se à minha frente uma urbe sem muralhas ou defesas, que circundava a praia da enseada redonda, qual anel trançado em fios de prata e cobre. As vivendas possuíam paredes alvas cobertas com relevos mui belos e graciosos, e telhados feitos de folhas pardas de palmeira. O arruamento estendia-se de bombordo a estibordo, com o casario a brilhar garboso ao sol do fim da manhã, a não mais de trezentas braças do castelo de proa de nossa briosa *Lusitânia.*

Calicute era uma cidade mui grande e airosa, com cerca de vinte mil vizinhos e cujo porte era de quase um quarto de Lisboa a Branca ou, segundo se dizia, metade do tamanho da misteriosa Cusco nas Alturas, metrópole de cantarias bem-lançadas, de onde o Inca governava seu império, um reino mais vasto e portentoso que o de meu povo, de acordo com as afirmações de nossos suseranos. Embora a cidade do Samorim assombrasse os lusos por seu tamanho e riqueza, era evidente para nós mexicas que estas não chegavam sequer aos pés dos tesouros e da grandeza insulana de nossa amada Tenochitilão.

A brisa suave soprava da terra a assobiar num cicio entre as peças do velame e a cordoalha. A mesma brisa folgava com as águas plácidas na enseada, a fazê-las ondular crispadas e ligeiras, em marolas diminutas que se chocavam em carícias ronronadas contra os costados dos navios. No entanto, nem brisa, nem marola seriam capazes de atemorizar essas trinta e três naus vindas da outra banda do Mundo e de dois Oceanos de distância, remanescentes das quarenta que haviam partido da Vila do Rio da Prata onze meses antes.

Duas naus se haviam perdido da Esquadra na travessia do canal traiçoeiro que separa o Oceano d'El Rei do Mundo Oceano, estreito que Dom Vasco batizou com o nome de Magalhães, em menagem ao amigo heróico exterminado em Calicute.

Por ordem de meu senhor, cinco naus destacaram-se da Esquadra no porto da nova feitoria lusa de Macau e demandaram para o Sul, rumo às Ilhas das Especiarias, cujo descobrimento foi relatado por Gonçalo Coelho, Comandante sobrevivente do massacre dos portugueses em Calicute. Uma vez lá chegado, o Comandante Francisco da Gama, primogênito de Dom Vasco, deveria fundar nova feitoria para negociar pimenta, canela, cravo e gengibre direto com os nativos.

Meu senhor afirmou que trinta e três naus de duzentos e cinqüenta tonéis, cada uma delas com doze canhões de bronze mandados vir de Portugal, eram mais que bastantes para fazer o Samorim pagar caro por seus crimes.

– Trinta e três. – Comentei então com ele. – A idade de Nosso Senhor Jesus Cristo.

– Pois. Como vos disse, pia senhora, um bom número.

Trinta e três naus carregadas de marinheiros e seus grumetes, e da gente de terra, dentre os quais a soldadesca lusa, os guerreiros mexicas e os mercenários aragoneses, navarros e catalães.

A brisa de terra trouxe consigo uma dádiva benfazeja sob forma de um aroma pungente que soube à canela e às flores do craveiro, vero néctar oloroso às minhas narinas antes sensíveis e ora já acostumadas ao ranço feroz do suor e do vômito secos, dos restos das necessidades feitas nos cantos do porão e entranhadas no madeirame do convés principal depois de todos esses meses de mar grosso.

Ah, os lusos e seus primos ibéricos, sempre afundados em suas armaduras de couro e metal reluzente... Se acaso soubessem como cheiram mal... Quase todos a bordo exalavam um fedor terrível. Todos os de sangue europeu, exceto meu senhor e uns poucos outros oficiais. Pois, como diversos capitães portugueses de alta patente que decidiram desposar nossas *teuclahtoh* e *teteuctin*, os equivalentes *náhuatl* das filhas d'algo lusitanas, Dom Vasco descobriu da maneira mais agradável as vantagens amorosas de manter seu corpo asseado, como exigem os hábitos de higiene mexicas.

Meu senhor, Dom Vasco da Gama, o Capitão-Mor da Armada do Mundo Oceano, passeava inquieto no tombadilho da *Lusitânia*, nau capitânia desta frota que, ainda nas costas orientais da Cabrália do Sul, foi batizada de "Esquadra da Vingança", tanto por nossos suseranos lusos quanto por nós, seus fiéis vassalos mexicas.

Voltei às costas à cidade. Desejava guardá-la em minha lembrança assim: bela, rica e impoluta. Não me apetecia assistir ao começo de sua destruição.

Permaneci calada e trêmula a fitar a boca estreita da enseada. Senti, mais do que notei, quando os nós de meus dedos tornaram-se brancos do esforço desmedido que minhas mãos morenas exerceram impotentes no trilho da amurada da popa. Estávamos ambos, eu e meu senhor, no tombadilho, o alto castelo de popa erigido por sobre o camarote dele, que por sua vez distava a cavaleiro do exíguo compartimento do timoneiro, de onde a nau era dirigida.

A *Lusitânia* e as outras naus estavam a concluir as manobras de fundeio. Sob as ordens de seus comandantes e pilotos, os timoneiros aproavam as naves de modo a oferecer tanto aos bota-fogos dos canhões de bombordo quanto aos de estibordo bons alvos no interior da cidade. Os marinheiros deitavam os ferros de proa e os de popa para reduzir os movimentos de jogo e caturro dos navios.

Se eu pudesse deter a chuva de metal candente que estavam prestes a desabar sobre aqueles telhados tão belos...

Já testemunhei essa carnificina doutra vez. Tal se deu há quatro anos, ocasião medonha em que meu senhor Vasco da Gama ordenou que sua esquadra destruísse a vila e o entreposto de comércio nativo da ilha de Cozumel, em represália ao covarde assassínio do Grão-Almirante Colombo, levado a cabo por mercadores maias no mesmo local cousa de sete meses antes.

Decerto que nós mexicas não éramos os melhores amigos daqueles maias decaídos, uma gente de passado grandioso, pero hoje assaz inculta, que sequer entendia mais os escritos de seus antepassados.

Nós mexicas adotamos a civilização de nossos mestres, os toltecas, e não a dos maias, aos quais só devíamos o *Popol-Vuh* e uns outros poucos clássicos de antanho. Não nos tomamos de simpatias aos maias. Muito ao contrário. Ainda assim, não constituiu visão das mais belas vê-los sucumbir aos magotes daquele jeito... Paredes de cantaria e argamassas rebuscadas a se esboroarem sob os disparos dos famosos canhões de bronze e das bombardas de Dom Vasco. Homens, mulheres e crianças a gritar e a correr em pânico. O sangue dos que não conseguiram escapar a tempo espalhou-se, misturado ao pó alvo dos destroços das paredes derribadas do vilarejo e a nuvem resultante se tingiu com a tonalidade ocre do vermelho sujo. Não sobrou cousa alguma do outrora próspero entreposto de Cozumel.

Todavia, Cozumel foi um vilarejo pequenino e Calicute era a pérola mais preciosa de Malabar, uma jóia de beleza ímpar, decantada em prosa e versos em Timor, Macau e, pelo que se dizia, até na longínqua Cipango.

Os portugueses foram os primeiros cristãos a poisar os olhos nas ricas terras da Costa Malabar. Aportaram pela primeira vez em Calicute há menos de três anos, no ano de mil quinhentos e vinte do Nascimento de Nosso Senhor Jesus Cristo.

No começo, o Samorim orgulhoso recebeu com aparente agrado o comandante da flotilha lusa, o grande Capitão-Mor Fernão de Magalhães. Porém, algo deu para o torto nas negociações com potentado de Calicute. Uma altercação qualquer. Quiçá uma insídia qualquer cometida por essa ralé de mercadores árabes que vicejava acolá na cidade. Em resultado do desacordo, em vez de serem simplesmente despachados de volta para seus barcos, Magalhães e vários de seus homens foram aprisionados e torturados até a morte. Após o assalto à traição e massacre das guarnições de mar e das gentes de guerra, duas naus de Portugal foram arrestadas pelo Samorim.

Comandada por Gonçalo Coelho, a outra nau conseguiu escapar à emboscada naval armada pelo Samorim e retornou primeiro ao

Mundo Oceano e, meses mais tarde, às costas da Cabrália. Quando as novas de tão desditosa afronta se espalharam, uma vaga de indignação enorme alevantou a partir de Lisboa e lambeu as duas margens do Oceano d'El Rei, que uns poucos velhos marinheiros ainda insistiam em chamar Mar Oceano. Todos nós, súbditos e vassalos de Dom Manuel, quer em Portugal e no Algarve, nas grandes ilhas de Cuba e Lusitânia, nas fortalezas do Iucatão, nas feitorias litorâneas da Cabrália do Sul e até nas alturas da Augusta Tenochitilão, ansiamos que tal ultraje fosse vingado sem tardança.

De Lisboa a Branca veio a ordem esperada, expedida do próprio punho irado do Rei dos Reis: caberia ao Almirante Vasco da Gama, meu mui amado esposo e senhor, a faina escomunal de supervisionar a construção imediata da Esquadra do Mundo Oceano nos novos estaleiros da Vila do Rio da Prata, cujas naves seriam financiadas pelo ouro mexicatl e a prata do Inca, e escavadas dos troncos de sobro e carvalho trazidos do Reino e do bravo angelim das terras de Cabrália.

Outras naus seriam construídas no Arsenal de Marinha de Santa Cruz, o grão porto lusitano abrigado numa enseada do Golfo Mexicatl. Outras ainda foram encomendadas aos estaleiros da Ilha de Mana Rata, sede do governo da Cabrália do Norte.

Datas de víveres, munições, pólvora e armas foram preparadas para serem entregues na Vila do Rio da Prata no prazo azado. Róis de soldados lusos e guerreiros mexicas, todos militares de escol, foram mandados para a Cabrália do Sul. Junto com essas gentes de guerra, foram as gentes de mar, de modo a tripular a contento as naus que se construíam por acolá.

Com Dom Vasco vieram um magote de capitães lusos e *tequiuaque* mexicas, uns e outros comandantes veteranos das copiosas campanhas de mar e guerra capitaneadas pelo senhor meu marido.

Dom Vasco rogou a El-Rei o comando dessa Armada portentosa que ele tanto obrou para lançar ao mar. Sabedor do resultado espantoso da campanha de destruição que Dom Vasco moveu contra o entreposto de Cozumel dois anos antes para desafrontar a honra lusitana, então aviltada pela morte aleivosa do Grão-Almirante Cristóvão Colombo, Dom Manuel concedeu essa grã e mui gloriosa mercê a seu Capitão-Mor mais cruel, Dom Vasco da Gama.

Destarte, meu esposo assumiu o comando da Esquadra do Mundo Oceano e nela singramos pelo Estreito de Magalhães rumo às Índias, para vingar a vil ofensa do assassínio do grande herói lusitano, o navegante exímio que circunavegou todo o continente da Cabrália do Sul, descobriu a passagem para o Mundo Oceano, fez o primeiro contato por mar com o Império dos Quíchuas, estabeleceu o Caminho Marítimo para as Índias e descobriu as legendárias Ilhas das Especiarias.

– Por que não oferecer ao Samorim a outra face, meu senhor? Acaso não foi este o ensinamento mais sábio de Nosso Senhor Jesus Cristo?

Dom Vasco interrompeu bruscamente suas ordens de comando, gritadas e ouvidas por todo o convés. Voltou-se para mim com o olhar estupefacto ante meu ar inocente quase isento de troça.

Estávamos sozinhos no tombadilho. Ao observar que a gente de mar, ocupada na faina de municiar as bocas-de-fogo nos dois bordos convés avante, não havia escutado minha pergunta, as feições severas do Capitão-Mor e Almirante da Esquadra suavizaram-se e se tornaram uma vez mais as de meu amado esposo.

– Oras, Dona Xochiquetzal. – Dom Vasco abriu o sorriso matreiro. – É com prazer desmedido que confirmo uma vez mais o quão profunda e sincera foi de facto vossa conversão.

– Tão sincera quanto a do *Huey Tlatoani* Motecuhzoma II, meu pai. – Retribuí o sorriso maroto de meu senhor.

Ele irrompeu numa gargalhada. Um instante de alegria e espontaneidade a fender uma máscara de meses e meses de gravidade.

Ambos sabíamos que a conversão de Motecuhzoma II e dos teuclahtoh, os nobres mexicas, ao Cristianismo foi no mais dos casos uma manobra política de suma conveniência para todas as partes envolvidas. Os portugueses começaram a receber copiosos afluxos de ouro das minas e tesouros de seus novos vassalos, bem como quantidades copiosas dos apreciados cultivos de Anáhuac e da Cabrália do Norte, como o *xocolatl*, o tabaco, o *atolli* e o *xitomatl*. Já os mexicas tiveram acesso às armas miraculosas dos lusos. Dom

Affonso de Albuquerque, o Grande, autorizou que os novos aliados mexicas fossem armados com mosquetes e lâminas de aço, para que melhor pudessem pugnar com os reinos e tribos rivais e assim auxiliar o Vice-Rei a lhes impor a severa lei colonial. Mais tarde, quando dominamos as técnicas do fabrico da pólvora e das armas de fogo, passamos a armar nossos exércitos com canhões e mosquetes, de modo a nos termos tornado capazes de repelir praticamente sem ajuda as tentativas de conquista por parte de castelhanos, franceses e ingleses.

Boa parte da fina flor da juventude mexica foi levada para Portugal, sob pretexto de melhor aprender as artes da Corte e os modos cristãos, mas em verdade como reféns. Eu própria embarquei para Lisboa a Branca aos sete anos de nascida. Fui uma das muitas *teuclahoth* educadas numa *calmecaque*, uma escola para filhos d'algo, em Lisboa. Os lusos do meu convívio pessoal afirmam-me que falo português tão bem que mais pareço filha d'algo reinol e não mera lusíada por desígnio d'El-Rei.

Mas por baixo deste verniz fino imposto pela Cristandade e que tanto agradou aos bispos da Igreja em Lisboa e Roma, ainda pulsam as crenças de nossos antepassados. Dom Affonso, Dom Vasco e uns poucos outros administradores lusos de alta patente jamais ignoraram que os sacrifícios rituais, oficialmente banidos, continuam a se dar à socapa, não longe das nossas vastas metrópoles e mesmo, segundo ouvi, no tope da Pirâmide do Sol em Teotirruacão.

– Só mesmo a senhora para inundar meu coração de alegria em hora tão ponderosa!

– Já agora a falar sério, senhor meu marido. Não haverá outra maneira de dobrar o Samorim que não o bombardeio de Calicute? O próprio Magalhães nas terras ocidentais da Cabrália do Sul...

– Ah, minha cara senhora, não esqueça que o Inca Huayna Capac é um monarca honrado e um homem mui civilizado. Como vosso pai antes dele, o Inca percebeu a vantagem mútua de tornar seu Império num reino vassalo da Coroa de Portugal. Bem ao contrário desse Samorim, que não passa de um pirata e um bandido!

De quando em vez ainda me surpresava com a ligeireza pela qual Dom Vasco estabelecera fortes laços de amizade com o Sapa Inca Huayna Capac por ocasião de nossa curta estada em Chanchão de Adobe meses atrás. Ao saber da chegada de nossa Esquadra, o soberano desceu com metade de sua corte das longitudes altaneiras de Quito a Fiel tão-somente para se encontrar conosco, gesto que deixou meu esposo assaz agradado. Em breve espaço de tempo uma afinidade profunda floresceu entre os dois, que passaram a se considerar como que almas irmãs.

– Bem sei, meu senhor. Mas não será possível fazê-lo jurar vassalagem ao Rei dos Reis sem que para isto precisemos arrasar uma cidade tão airosa?

– Fazê-lo jurar é uma cousa; fazê-lo se ater à palavra empenhada é bem outra. Além disso, há o anseio d'El Rei de que o Samorim seja punido exemplarmente pelo martírio que infligiu a Dom Fernão de Magalhães e seus varões. – Dom Vasco cofiou a barba longa quase inteiramente branca. – A meu pedido, Dom Manuel fez-me instrumento de sua mui real vingança, pois que ele sabe mui bem que sua vontade e a minha são uma só, que seu anseio é uma ordem sagrada para mim. Um privilégio régio do qual eu não abro mão por cousa alguma deste vasto mundo d'El Rei!

Meu senhor estava longe de ser um homem moço. Já não o era quando me tomou por esposa em Tenochitilão ante meu pai, os tlatoque aliados e as cortes náuatles há cinco anos, pouco depois de meu regresso a Anáhuac. Não sei ao certo porque ele não punha de lado esse costume de rogar que o Rei dos Reis lhe atribuísse o comando das piores missões de destruição e mortandade...

Já era tempo mais que bastante de fincar raízes e usufruir das riquezas e glórias merecidas numa quinta tranqüila nas cercanias de Tenochitilão, nas vilas praieiras do Iucatão, nas Grandes Ilhas, no aprazível vilarejo de Cabo Frio, ou num outro sítio qualquer de Anáhuac, das Terras Baixas do México ou das Três Cabrálias, desde que longe, bem longe, da Vila da Vidigueira, em Portugal, onde outrora residiu Dona Catarina de Ataíde, a antiga esposa lusa de meu senhor, pois que não nutro tenção de fazê-lo se alembrar dos tempos infelizes que viveu com aqueloutra senhora.

Suspirei resignada ante este último pensamento. Sempre entendi que poderia ser pior. Assaz pior. Ao menos, acompanhava meu esposo em suas comissões de mar e terra, ao passo que a fria e mui recatada Dona Catarina permanecia há anos como mera recordação longínqua, devidamente encerrada num convento ao qual Dom Vasco concedera grossas de modo a que ele se pudesse transferir para a Vila da Vidigueira.

Desde o nosso casamento que os comandantes e oficiais de todas as frotas e esquadras comandadas por Dom Vasco receberam permissão de embarcar consigo suas esposas, amásias ou escravas nas viagens de longo curso. Imaginei se quiçá este não seria o motivo principal para que jamais faltassem oficiais qualificados propensos e ávidos a servir sob as ordens de meu senhor.

Ao longo dos últimos anos, nos períodos prolongados em que nossas naus permanecem atracadas de modo a que os carpinteiros, calafates e tecelões reparem seus cascos e velames, as matronas e raparigas das cidades e vilas vassalas, espalhadas pelos litorais do México, das Ilhas ou das Cabrálias, começaram a indagar se não seria perigoso para a virtude de jovens e formosas senhoras viajar a bordo de uma nave cheia de marinheiros e soldados. Eu sempre respondia que de facto assim o seria, não fossem as ditas senhoras *teuclahtoh* ou mesmo *cihuapipiltin.* Pois as atuais naus lusitanas singravam os Sete Mares do Rei dos Reis repletas de guerreiros mexicas das mais finas linhagens de *Cuauhtli* e *Ocelotl*, nossas ordens guerreiras de elite referidas em português como "Águias" e "Jaguares". Eu estremecia ao pensar no que meus patrícios fariam se acaso um marinheiro luso ou um soldado aragonês se atrevesse a molestar uma *cihuapilli* que eles juraram defender com suas próprias vidas...

O Artilheiro-Mor soou o apito três vezes para anunciar que as bocas-de-fogo estavam municiadas e prontas. Dom Vasco ordenou que se hasteassem as flâmulas de sinais no mastro da *Lusitânia.* Logo flâmulas similares tremulavam nos mastros das outras naus.

Sem aviso ou ultimato à cidade, Dom Vasco ordenou o início do bombardeio. Em ambos os bordos a meio-navio e também na popa sob o tombadilho, os canhões de bronze, orgulho da Armada do Mundo Oceano, começaram a disparar uma saraivada de bolas de ferro maciço em meio a bramidos horríssonos e grossas nuvens de fumaça de cheiro acre. A cada disparo, a peça recuava com grande tranco e logo era cercada por bota-fogos lusos e teutões bem adestrados que basteciam o reparo pela culatra com rapidez inaudita, de modo que em menos de um quarto de hora a maioria das bocas-de-fogo da *Lusitânia* já haviam executado dez ou doze disparos. Os fumos grossos da pólvora queimada e o odor áspero do salitre pesteavam a nau de proa a popa. Da proa de alguns vasos mais próximos da praia do que a capitânia, bombardas urravam incontestes a zunir de seus curtos canos projéteis de pedra sobre a urbe inerme.

Na cidade, adultos e crianças corriam às cegas, acometidos de pavor desatinado por verem suas vivendas explodir e suas ruas desaparecer em meio à poeira alevantada dos destroços ante seus olhares de pânico. Os telhados de folhas de palmeiras tomaram-se de chamas que logo se espalharam por várias construções de madeira. O belo paço do Samorim foi atingido seguidas vezes. Cada vez que tal ocorreu, brados de júbilo se ergueram entre as gentes de mar e de guerra das várias naus da Esquadra.

O bombardeio penetrou noite adentro. Os ricos súbditos do Samorim deviam estar a pensar que o Fim do Mundo lhes arrombava a porta. No que lhe tangia, que cristão em sã consciência não concordaria que os nativos tinham razão? Nos breves intervalos entre os disparos, chegavam até meus ouvidos por sobre as águas da enseada os gemidos e os lamentos chorosos de mães aflitas à procura de seus filhos perdidos em meio à destruição... Por experiência de assistir outras tragédias deste mesmo jaez, eu sabia que as crianças que essas mães tão sofregamente buscavam não seriam encontradas. Ao menos, já não estariam mais vivas quando fossem encontradas, pois que, mesmo se inteiras, não passariam de cadáveres sangrentos.

Imaginei como me sentiria, fosse eu uma daquelas mães infelizes, a buscar em vão por meu pequeno Affonso, ou por Fernãozinho, que ainda trago comigo a mamar no peito...

Ó Deus, e se fossem meus filhos e de Dom Vasco as crianças amadas ora tragados pela chuva de ferro uivante vomitada pelos estrondos dos canhões?

Como mãe não houve modo de evitar sentir piedade daquelas coitadas.

O bombardeio cessou nas primeiras horas da madrugada de modo a que as guarnições e as próprias bocas-de-fogo pudessem repousar por algumas horas. Todavia, por três vezes ao longo da noite estrelada com as mesmas constelações que ajaezam as noites de Anáhuac e de Portugal, os atalaias de outras naus da Esquadra deram brados e os artilheiros-mores ordenaram que se fizesse fogo contra galeotas inimigas reais ou imaginadas que estariam a intentar um assalto furtivo contra a Esquadra.

Incomodada pelos disparos esporádicos, bem como pelo choro e os gemidos distantes dos súbditos do Samorim, não logrei conciliar o sono. Acalentei Fernão contra o seio ao som de uma velha cantiga náuatle. Porém, ao contrário do pequenino, não encontrei alento quer no jogo suave da *Lusitânia*, quer na cantilena infantil que plangi desconsolada.

Na amanhã seguinte à de nossa chegada, pouco após o pequeno almoço de peixe fumado, biscoito seco e um pouco do vinho Malvasia da Ilha da Madeira misturado ao *xocolatl*, uma embarcação indiana aproximou-se de nossa Esquadra. Um zambuco comprido repleto de remadores com as cabeças enroladas em panos estranhos à guisa de toucas. Um homem alto e magro vestido de negro mantinha-se de pé à proa do zambuco.

– Meu Senhor Almirante, devo ordenar que a bateria de estibordo dispare contra essa embarcação infiel? – O Artilheiro-Mor gritou de seu posto a meia-nau.

– Em absoluto, meu bom Tomé. Estou assaz curioso para ouvir o teor das mentiras que esses emissários do Samorim nos irão contar.

Esta última afirmação arrancou sorrisos aos oficiais que rodeavam meu marido no tombadilho da *Lusitânia*.

– Onde está Martim Afonso? – Dom Vasco girou o olhar em roda à procura do marinheiro referido. – Quero-o acá bem junto de mim.

A convocação de Martim Afonso revelou-se acertada. Por já ter vivido em Congo, o velho marinheiro era versado na língua árabe e foi justo nesta fala que o arauto do Samorim expressou-se aos brados da proa do zambuco a dez braças do costado de estibordo da *Lusitânia*.

– Em nome do *Samudri-Raj* de Calicute, solicito uma trégua em vossa acometida.

– Concedo a mercê de uma trégua temporal, desde que seja breve. – Dom Vasco decretou.

– Meu Augusto Senhor de Calicute, deseja saber quem sois vós que chegais sem aviso a lançar destruição pelos ares sobre a bela capital de seu reino. – O emissário vestido num fato negro como o de um padre berrou do zambuco e o intérprete traduziu para nós, não sem uma certa dificuldade.

Meu senhor e os quatro comandantes que cedo vieram em batéis para bordo da capitânia quedaram-se paralisados pela rijeza dum ódio frio que eu não compreendi de imediato. Pálido como um cadáver exangue, o jovem comandante Vaz de Sampaio rosnou entre os dentes:

– Olhai, meu Dom Vasco! O infiel veste a sotaina de um dos frades franciscanos que estavam a bordo da carraca de Dom Fernão de Magalhães!

– Pois, meu bom Lopo! Já o notei. – Meu esposo cofiou a barba branca e lançou um olhar carrancudo ao arauto do Samorim. Virou-se para o convés abaixo do tombadilho e ordenou em sua voz mais grave. – Contramestre, desçam três batéis armados! Tragam-me esse cão mouro sem detença, pois que o quero lançado aos meus pés.

Então era mesmo a loba de um padre que o emissário do Samorim estava a trajar...

Como ousava cobrir-se com a veste talar de um frade franciscano, um mártir, torturado e morto sob as ordens do monarca deste reino de bárbaros?

Os batéis foram arriados sem tardança costado abaixo. Jaguares e Águias mexicas armados até os dentes desceram por cordas para tripulá-los, seguidos por oficiais lusos de espadas à cinta e balestras na mão.

O emissário bradou algo em sua própria fala.

– Ele está a ordenar a partida, meu Dom Vasco! – Martim Afonso avisou com presteza.

Amedrontados, os remadores do zambuco repuxaram os músculos, prontos para cumprir a ordem que lhes fora ministrada.

Mal poisados sobre seus batéis, mexicas e lusos começaram a açular seus próprios remadores aos gritos de modo a que dessem logo início à perseguição do barco fugitivo.

Um oficial luso mais afoito disparou sua balestra contra o emissário do Samorim, que permanecia de pé a invectivar seus remadores. A seta se alojou no ombro do infiel que pelejava com o remo junto ao emissário. O homem atingido largou do remo com um urro de agonia. Os outros remadores prorromperam em enorme alarido a bordo do zambuco. Alguns arremessaram seus remos ao mar, enquanto outros lançaram-se à água na tentativa de fugir a nado.

Em pouco tempo, com o zambuco posto a pique e a maioria dos remadores a retornar a nado para a praia, foram dispostos de joelhos aos pés de Dom Vasco o emissário, já arrancado da loba franciscana, e cinco outros súbditos do Samorim. Estes últimos mantiveram-se taciturnos; as ricas vestes coloridas rasgadas e as faces marcadas de sangue e das manchas roxas provocadas pelos murros potentes dos marinheiros.

– Qual então! – A voz potente de Dom Vasco rompeu o silêncio sepulcral que se havia apoderado do tombadilho. – Teu senhor não respeitou sequer o talar de um padre! Hão de pagar mui caro por tamanha injúria, vós e ele!

Enquanto nosso intérprete traduzia a fala de Dom Vasco para o árabe, meu senhor voltou-se para mim e murmurou-me ao pé do ouvido:

– Senhora Dona Xochiquetzal, talvez seja de bom alvitre que me aguarde cobertas abaixo, junto a nossos filhos e Dona Tonantzin, vossa aia.

Com intento absoluto de submeter os súbditos do Samorim a suplícios inomináveis e a temer que a visão desses tormentos me viesse a ferir as sensibilidades de senhora, era tenção de Dom Vasco que eu me retirasse, conduta que, nesse instante ponderoso, minha honra e orgulho de *cihuapilli* não me permitiram assumir. O sangue e a consciência de minha condição subiram-me à cabeça e eu ripostei em tom áspero incontido:

– Oras, senhor meu marido, acaso esqueceste-te qual o sangue que me corre dentro das veias? Que para além de filha d'algo da corte do Dom Manuel, também sou *teuclehtoh* da casa imperial de Motecuhzoma Xocoyotl?

Dom Vasco abriu a boca, tão pasmo ante minha ousadia quanto eu própria. Mas não respondeu logo. Os quatro comandantes e os *tequiuaque* presentes fitavam as nódoas reais ou imaginadas nas tábuas do tombadilho, mui atentos, a fingir nada haviam escutado. Enfim meu senhor suspirou e me concedeu sua graça:

– Muito que bem. Ficai pois, minha senhora.

Os outros comandantes, a soldadesca e os cativos fitaram meu senhor, na aguarda de sua decisão final. Esta não se fez esperar.

– Enforquem os mouros no tope do mastro principal. Quanto ao falso frade, que seja dependurado pelos tomates e pela língua na ponta do mastro de proa. Quando descerem os corpos dos mastros, cortem-lhes as mãos e os pés. Estas partes deverão ser mandadas ao Samorim, como mercê assaz insigne de Dom Manuel, junto com uma carta que ditarei a seguir.

– E o que fazer com o resto dos corpos, meu senhor? – Um *tequiua* indagou com ar severo, já de espadão desembainhado em punho.

– Lancem-nos ao mar. – Dom Vasco decidiu, depois de pensar um pouco. Sorriu de soslaio, agradado ao perceber o que se passara pelo espírito do *tequiua*. Pero que não lhe podia atender o anseio. Ao menos, não acá. – Que os peixes tirem melhor proveito dessas carcaças inúteis.

– Meu Senhor Almirante! – Um grumete gritou do alto do cesto da gávea. – Esquadra sob assalto!

– Bastardo traiçoeiro! – Dom Vasco urrou a pulmões cheios. – Ataca-nos durante um armistício que ele próprio solicitou! Icem as flâmulas de batalha! Soem os apitos! Bota-fogos, às armas! Passem esses cães mouros sob o fio da espada, agora!

Assim, os seis infiéis foram mortos rapidamente e sem mores formalidades a que faziam jus e que já se lhe haviam sido determinadas. O sangue de suas gargantas cortadas esguichou em jatos bravos e espalhou-se em filetes caudalosos sobre as tábuas do convés. Uns poucos marinheiros fitaram o fluido viscoso sobre a madeira com ar pesaroso e em seguida o mastro principal. Era facto. Sequer houve tempo para as execuções sob tortura, que teriam constituído um de seus raros momentos de diversão.

Os eventos se precipitaram.

Cerca de setenta fustas, zambucos e catures, liderados por três galeotas armadas com bombardas de ferro aprochegaram-se da Esquadra enquanto dedicávamos atenção aos cativos e ora estavam quase em cima de nós.

Apitos frenéticos dos Artilheiros-Mores soaram por toda a Esquadra. As flâmulas de comando da *Lusitânia* ordenaram incontinenti, "Ao inimigo!".

As naus mais distantes iniciaram seus disparos devastadores sobre a frota inimiga. Após a primeira saraivada, uma das galeotas foi severamente atingida, começou a fazer água e logo foi abandonada pelos marinheiros indianos. Outra galeota e vários zambucos desfecharam assaltos ferozes contra a *Lusitânia*. Os vasos inimigos distavam tão perto de nosso costado que já não era mais possível atingi-los com os canhões. A abordagem parecia iminente.

– Lusitanos, à amurada! – O Comandante Lopo Vaz de Sampaio bradou por sobre o fragor dos canhões das naus mais próximas.

– Náuatl a meu comando! – Meu irmão Itzcoatl, *tlacateccatl* do contingente de Águias mexicas a bordo da capitânia, ordenou em tom firme. – Rapieiras e misericórdias, pelo Tlatoani e por El Rei! Ordem de furar e rasgar!

Comandados pelo pulso firme de Vaz de Sampaio, os soldados lusos acumularam-se junto à amurada de estibordo, por onde já começavam a subir alguns marinheiros inimigos mais ousados. Os tripulantes da galeota largaram dos remos, tomaram as aljavas e entesaram seus arcos. Uma chuva de setas despejou-se sobre nossa guarnição. A soldadesca se agachou atrás da amurada, sem que para tanto houvesse precisão de mando. Munidos de couraças metálicas, nenhum deles sofreu feridas graves nessa primeira salva. Em seguida alevantaram-se como um só homem, encaixaram seus mosquetes nas forquilhas cravadas na amurada e dispararam numa sucessão de estampidos e rolos de fumaça clara. Muitos marinheiros da galeota tombaram inertes no fundo do barco; outros uivavam de dor ou estrebuchavam em agonia. Os que ainda eram capazes, agarraram-se aos remos como puderam e iniciaram vagarosa manobra de retirada.

Os soldados lusos, no entanto, não atacaram os fugitivos, pois que tinham preocupações mais sérias de momento. Alguns marinheiros inimigos conseguiram guindar-se através de cordas fixas ao costado por ganchos lançados de um zambuco. Os soldados acorreram ao combate corpo a corpo, a empunhar suas duas lâminas mortais, as rapieiras de aço e as misericórdias, esses diabólicos punhais de mão esquerda. Neste jaez de luta os portugueses são invencíveis. Conta-se que de certa feita cinco lusos munidos com tais armas se confrontaram e venceram uma centena de Jaguares mexicas de elite, antes que nosso povo se tornasse vassalo de Dom Manuel. Na enseada de Calicute o remate não foi diverso. Em poucos instantes só restava uma pilha ensangüentada de cadáveres de indianos amontoada sobre o convés da nau. Era vero que alguns soldados e marinheiros lusos estavam de facto feridos, pero que, até onde pude ver, não havia mortos em nossas fileiras.

No bordo oposto uma multidão de piratas mouros escalou a amurada com seus sabres curvos presos entre os dentes e engajou numa luta encarniçada contra um pequeno exército de Águias mexicas armados de rapieiras de aço, misericórdias e *macuahuia* de bronze. Os lusos haviam sido mestres excelentes e os Cuauhtli e Ocelotl de meu povo seus discípulos mais aplicados em toda Anáhuac, no México e nas Três Cabrálias. Não levamos muito tempo para exterminar a maioria dos atacantes e escorraçar os poucos sobreviventes desmoralizados amurada abaixo.

Afastado o perigo imediato à capitânia, Dom Vasco ordenou:

– Abrir fogo contra o inimigo! Fogo por todas as bocas!

Uma hora mais tarde quase toda a frota do Samorim havia sido posta a pique ou incendiada pela canhonada das nossas naus. Nenhum vaso da Esquadra sofreu reveses sérios. Todas as tentativas de abordagem foram rechaçadas com enormes perdas de vidas para o inimigo.

Encerrado o combate, os quatro comandantes presentes durante a refrega receberam permissão de Dom Vasco para retornar para bordo de suas naus.

O Almirante prestou agradecimentos especiais ao bravo Comandante Vaz de Sampaio, a quem abraçou como a um filho.

Mal os comandantes partiram e meu marido começou a caminhar inquieto de um bordo para outro do tombadilho. Furioso, esbravejou contra o Samorim de Calicute:

– Homem vil, mandastes-me um cão infiel a falar em vosso nome e eu acudi à vossa voz. Causastes quanto mal pudestes e se mais tivesses podido, mais terias feito. Será tal o vosso castigo como vós tanto o mereceis. Quando eu poisar minhas botas em vossas terras, eu vos pagarei em dobro o que nos destes sem precisão de dinheiro.

O bombardeio de Calicute foi retomado a toda força no início da tarde.

As balas de ferro partiam em meio a explosões e à fumaça de pólvora queimada. Aríetes voadores vomitados pelas bocas-de-fogo da Esquadra desciam em meio a zunidos impiedosos a martelar os frágeis telhados e as paredes caiadas de branco da cidade, até desfazê-los em meio a nuvens de pó. Vários focos de incêndios alastravam-se pelo casario e pelos edifícios oficiais cobertos de belos azulejos coloridos.

À noite, onze naus foram escaladas para continuar o bombardeio, enquanto as outras recuaram até a entrada da enseada com o fim duplo de permitir o repouso dos tripulantes e impedir a chegada de qualquer auxílio por mar. Na manhã seguinte, as naus afastadas reuniram-se àquelas que haviam permanecido a infligir o martírio noturno à cidade.

A manhã passou e a tarde veio. Chegou a noite estrelada e o bombardeio não esmoreceu em seu ritmo constante. À hora de recolher, dois terços das naus retiraram-se para o merecido descanso da madrugada e outras onze, diferentes das escolhidas na noite anterior, permaneceram a disparar contra a cidade.

A rotina cruel do terceiro dia transcorreu em tudo semelhante à do segundo.

No meio do quarto dia a contar da chegada, mesmo eu, *cihuapilli* náuatle de sangue real, não suportava mais assistir a tamanho suplício da cidade inimiga. Após a mamada do início da tarde, aprocheguei-me de Dom Vasco em seu posto favorito no tombadilho e perguntei-lhe em voz baixa:

– Meu senhor, já não basta de tanto castigo? Dom Manuel decerto ficará satisfeito e ainda terá uma cidade mais ou menos incólume para avassalar.

Ao começo, fitou-me com ar carrancudo. Mas suas feições suavizaram aos poucos. Cofiou a barba, pensativo, e por fim respondeu num tom jovial inesperado:

– Pois, a senhora tem razão. Creio que Calicute e o Samorim já foram amaciados o bastante de modo a que aceitem o destino que lhes reservamos.

Dom Vasco ordenou que se içassem flâmulas para determinar a cessação do bombardeio. Convocou os demais comandantes para bordo da *Lusitânia*. Os batéis chegaram a trazer os comandantes das outras naus em seus bojos.

O tombadilho tornou-se mirrado para tantos homens, mas foi ali que o colóquio do comando se deu. Em voz ponderosa, Dom Vasco explicou-lhes seu intento.

As naus aproximaram-se da praia de Calicute, tanto quanto a profundidade do sítio o permitiu. Vários batéis partiram de cada nau repletos de soldados lusos e guerreiros mexicas revestidos de couraças de bronze e armados com mosquetes, balestras, rapieiras, lanças, *macuahuia* e punhais de mão esquerda. Remadores vigorosos impeliram as embarcações miúdas até que essas abicassem na areia fina e dourada da praia.

Os soldados e guerreiros desembarcam aos magotes. Marcharam com passo cheio da praia para a cidade. As gentes e a guarda do Samorim bem que pelejaram para oferecer alguma resistência. Pero que foi inútil. Em poucas horas, Calicute tornou-se presa segura nas mãos de uns poucos milhares de homens trazidos da outra banda do mundo por Dom Vasco.

Um Samorim trêmulo foi por fim enforcado na praça mais bela da cidade, bem defronte a seu antigo paço, ante às gentes submissas e pesarosas. Depois do Samorim, foi a vez de seus principais conselheiros.

Findas as execuções, Dom Vasco pediu a Dom Estevão, o Capelão da Esquadra, que oficiasse uma missa de ação de graças pela vitória portuguesa e à execução da vingança d'El Rei Dom Manuel, o Senhor dos Sete Mares.

Partimos de Calicute uma semana mais tarde. Enfim não fundamos nenhuma feitoria ali. Dom Vasco considerou que, desprovida de líderes e semi-arrasada, em termos de comércio a cidade pouco teria a oferecer ao Reino de Portugal.

Descemos a Costa Malabar a singrar rumo ao Sul para o reino de Cochim.

As naus demandaram preguiçosas, sem a mínima pressa dessa feita, pois que Dom Vasco pretendia que as notícias da queda de Calicute precedessem nossa chegada.

Meu senhor ansiava por saber se o sultão de Cochim manter-se-ia fiel à aliança com o finado Samorim de Calicute, ou preferiria tornar-se vassalo d'El Rei. De qualquer maneira, estava decidido a fundar uma feitoria em Cochim.

Os rubis, esmeraldas e pedrarias diversas, as peças de ouro e prata do tesouro do Samorim, bem como os muitos quintais de pimenta arrestados aos mercados de Calicute e que ora abarrotavam os porões da *Lusitânia* e das outras naus, decerto confirmariam a merecida fama de Dom Manuel como o mais rico monarca da Cristandade, facto que elevaria a píncaros ainda mais alterosos a inveja que corroía um seu parente real, o Rei Carlos de Aragão y Castela, sempre às voltas com as contendas internas entre seus dois reinos.

Esperava que em sua mui grande benevolência, Dom Manuel concedesse a Dom Vasco mercês tão vastas quanto aquelas que foram outorgadas ao Grão-Almirante Colombo pelo descobrimento das Cabrálias ou a Dom Affonso de Albuquerque o Grande, o primeiro Vice-Rei de Anáhuac e do México.

Todavia, conforme meu senhor explicou, o tesouro mais importante encontrado junto aos valiosos pertences do finado Samorim foi um mapa fabuloso, escrito em árabe e que, segundo o intérprete Martim Afonso, parecia indicar a existência de uma passagem marítima ao Sul de África entre o Oceano das Índias e o Oceano d'El Rei!

– A se confirmar este facto, – Dom Vasco explicou-me animado num de nossos muitos diálogos íntimos no tombadilho da capitânia, após eu ter verificado o bem-estar de Fernãozinho junto a Dona Tonantzin. – devemos concluir que o velho rei Dom João II tinha mesmo razão ao enviar Bartolomeu Dias para que esse tentasse dobrar o Cabo das Tormentas para buscar o caminho marítimo para as Índias no curso da nascente.

– Mas Bartolomeu Dias não conseguiu dobrar o tal cabo... Quiçá não seja de todo possível fazê-lo.

– Oras, minha formosa princesa. Agora que sabemos que esse caminho de facto existe, é mera questão de tempo até que um navegante luso consiga superar o Cabo das Tormentas. Nem que tenhamos que inventar uma outra roda do mar para superar tal monstro...

Xochiquetzal em Cusco

Uma princesa asteca no Reino dos incas

O campo de batalha é o sítio:
Onde bebemos o néctar dos deuses em honra à guerra,
Onde as águias divinas tingem-se de vermelho,
Onde os jaguares rosnam,
Onde gemas preciosas de todos os jaezes despenham-se dos ornatos
Onde capacetes galhardos ondejam com penachos vistosos,
Onde príncipes são cortados em pedaços.

(Poema asteca)

Parte I
Bastardos de Castela no Oceano d'El-Rei

De como a Esquadra da Vingança descobriu um caminho marítimo assaz mais curto para o regresso ao Oceano d'El-Rei.

EM TRÊS DE MAIO, dia de Santa Cruz, de mil quinhentos e vinte e três do Nascimento do Nosso Senhor Jesus Cristo, ano *macuilli acatl*, ou 5-junco, pela cronologia mexicatl, após atacar Calicute com a ira fumegante de seus canhões de bronze e bombardas de ferro, depois de executar o traiçoeiro Samorim, monarca vil e facinoroso que mandara vindimar o nobre Dom Fernão de Magalhães três anos antes, a Esquadra do Mundo Oceano, comandada por meu marido, o Almirante e Capitão-Mor das Cabrálias Ocidentais e das Índias, Dom Vasco da Gama, singrou a Costa Malabar rumo ao Sul e estabeleceu uma feitoria no Reino de Cochim.

Sabedor do fado adverso ocorrido a seu finado aliado de Calicute, ante o poder desmesurado dos canhões de nossas naus, para evitar que os lusos metessem sua bela capital a fogo e sangue sob os pelouros de ferro coado de artilharia, o sultão de Cochim não hesitou em abjurar à passada aliança e declarar-se vassalo de Dom Manuel, o Rei dos Reis, Senhor dos Sete Mares, El-Rei de Portugal.

Cumprido esse quartel da jornada e reunida à Esquadra as cinco naus do Comandante Francisco da Gama, primogênito de Dom Vasco, de regresso da missão venturosa de fundar uma feitoria nas Ilhas das Especiarias, meu senhor deliberou com os capitães da outras naus, os comandantes lusos e os Águias e Jaguares mexicas reunidos no tombadilho do *Lusitânia*, nau capitânia de nossa Armada, mui apropriadamente batizada "Esquadra da Vingança", antes mesmo dessa Frota desferrar das costas orientais da Cabrália do Sul.

Como era meu hábito, pela graça do excelso senhor meu marido, pude permanecer a seu lado e, portanto, assistir as deliberações de Dom Vasco com os capitães e oficiais lusos e mexicas.

– Pois que então, Dom Vasco, sigamos as orientações desse mapa fabuloso! – Guindado à inteira confiança de meu esposo, após a conduta heróica nos embates navais de Calicute, o Capitão Vaz de Sampaio gesticulou com ar vibrante e mão direita enristada ao mapa com dizeres escritos em árabe, impresso num pergaminho encontrado junto aos pertences do finado Samorim, encerrado no fundo de uma pesada arca de ferro cravejada das mais ricas pedrarias. – Como súbditos d'El-Rei, temos por obrigação investigar a existência dessa pretensa passagem marítima ao Sul de África, entre o Oceano das Índias e o Oceano d'El-Rei.

– Não ouses, meu caro Lopo, tentar ensinar-me meus deveres para com El-Rei. – Dom Vasco ripostou com o olhar carrancudo postado no Capitão da *Nova Lisboa.*

– Longe de mim tentar ensinar-vos, meu Almirante e Capitão-Mor. – Lopo Vaz de Sampaio declarou, o joelho direito ora a tocar o madeiramento do convés elevado do tombadilho, no gesto espontâneo e mui galhardo de submissão do vassalo ao suserano. – Compreendo que vosso dever primeiro para com Sua Majestade Dom Manuel, dever este que todos acá compartilhamos de bom grado, é transmitir os bons alvitres de que a vingança contra o mandante do suplício cruel ao grande Fernão de Magalhães foi enfim cumprida, conforme os anseios mais exaltados d'El-Rei.

– Oras, pois. Se de facto o compreendes, como és capaz então de me propor que singremos rumo Sudoeste e circunavegue-mos África em busca dessa tal passagem mítica, que ligaria este oceano ao Oceano d'El-Rei, essoutra passagem que o próprio Bartolomeu Dias tanto obrou para descobrir, pero que sucumbiu sem encontrar?

– Pois é justamente minha lealdade a vós, meu senhor Dom Vasco, que me leva a propor tal derrota. Pois que, se são veros os indícios desse belo mapa, ora espetado à amurada de vosso convés, seremos capazes de retornar ao Oceano d'El-Rei, às Cabrálias e a Portugal, sem nos termos que bater outra vez contra as águas gélidas e revoltas do Estreito de Magalhães.

– Senhor meu pai, as palavras de Lopo me soam sensatas. – Chegado há pouco da comissão bem-sucedida às Ilhas das Especiarias, Francisco da Gama defendeu o amigo. – Se o mapa é vero e a tradução prestada pelo intérprete é fiel, então, esse novo caminho – o dedo indicador de Francisco traçou uma linha reta sobre o pergaminho, desde a Costa Malabar até onde, imaginávamos, estaria o Cabo das Tormentas, no provável ponto mais austral de África, – é assaz mais curto, meu pai. Pois que não teríamos de singrar meses a fio pelas águas vastas pero mui ermas do Mundo Oceano. Tampouco circunavegar as Cabrálias por ocidente e oriente, até voltar ao Rio de Janeiro, à Ilha de Mana Rata, e de lá até Lisboa.

– E o melhor de tudo, senhor meu marido, – atrevi-me a suspirar em *náhuatl*, a interromper àquele conclave exclusivo de varões do mar e da guerra, – é que não correremos o risco de perder mais naus e gentes no estreito que separa, vera quilha afilada, os dois bordos da Cabrália do Sul.

– Oras, Senhora Dona Xochiquetzal – Como numerosos filhos d'algo lusos de alta patente, Dom Vasco compreende muito do *náhuatl*. É por isto que me pasmou a vista de cenho franzido, a ostentar seu desprazer nessas sobrancelhas tão brancas e espessas quanto as neves antevistas no píncaro do Popocatepetl, a partir do alto do Hue Teocalli, o Grande Templo, de minha amada Tenochilitão. – E por que julgas que tal travessia por sob África, ainda que possível, seja menos arriscada do que a passagem pelo estreito que batizei em menagem a Fernão de Magalhães?

– Ah, meu senhor, eu não supus... – Comecei a gaguejar. Minhas mãos da cor do *xocolatl* agarraram-se, hirtas e nervosas, ao trilho de angelim que compunha a amurada do tombadilho.

Porém, no fundo, Dom Vasco é um homem bondoso. Entrementes, a cofiar a barba abastosa, de um grisalho quase alvo, quiçá se tenha recordado de meu amado Mixtzin, pois que falou:

– Não ignoro o que sentes, augusta senhora. – O tom triste de meu marido reverberou cavo e pesaroso por entre o velame desfraldado da capitânia. – Também eu sinto demasiada falta de vosso irmão, meu cunhado, o Príncipe Mixtzin, como se a um braço houvesse perdido...

Cabisbaixos, os outros quarenta e poucos homens ali amontoados, fitaram as tábuas do madeiramento do convés. Alguns mexicas e acolhuas mesmo fungaram, abatidos, enquanto outros, inquietos, engoliram em seco. A bravura de meu irmão Mixtzin, *teuclahtoh* mexica, capitão da ordem guerreira dos Águias e filho d'algo luso-asteca, nomeado comandante de regimento em presença do próprio El-Rei Dom Manuel em Lisboa a Branca, fora sempre mui apreciada por nossos aliados e suseranos portugueses. Quantos e quantos malditos castelhanos não haviam largado do sangue e das próprias vidas em sua lâmina aguçada... O facto de possuir outros irmãos e meio-irmãos, tanto Águias quanto Jaguares, a servir como comandantes de hostes mexicas na Esquadra do Mundo Oceano, não diminuía em nada a dor de minha perda, pois que, para além de termos nascido do ventre da mesma esposa de Motecuhzoma, Mixtzin era um de meus irmãos favoritos.

– Mixtzin foi um grão amigo, um irmão... – Francisco da Gama lamentou-se com a voz embargada. – Sinto saudades de suas histórias sobre as antigas *xochiyaoyotl*, as guerras floridas, que os astecas travavam com outros povos de fala náuatle.

– Procedeu sempre como um bravo dentre bravos, um Águia altaneiro, até o fim. – Já de pé, Lopo reconheceu com os olhos úmidos.

Dom Vasco suspirou fundo e murmurou com voz rouca:

– Meu coração se enche de pesar, minha Dona Xochiquetzal, quando recordo o dever terrível e indelegável que deverei cumprir, ao retornar a Tenochilitão, o gravame de comunicar pessoalmente a meu sogro, o *Tlatoani* vosso pai, a nova do passamento de seu filho dileto.

– Não tema abalar o coração de meu pai, meu senhor. O *Huey-Tlatoani* Motecuhzoma Xocoyotl possui centenas de filhos e filhas. Sua alma apenas sangraria, caso ouvisse que um filho seu, ou um príncipe mexica qualquer, houvesse perecido sem bravura.

– Bem o sei, minha senhora. – Dom Vasco cofiou outra vez a barba espessa. – Todavia, se bem conheço meu sogro e amigo Montezuma, julgo que teria preferido que o valente Mixtzin houvesse tombado em batalha...

– Não por isto, senhor meu marido. Pois não é, por acaso, a batalha contra os mares bravios e os ventos uivantes tão gloriosa para um lusíada quanto a luta contra um exército infiel? – Fitei Dom Vasco em desafio. Meus olhos grãos e escuros mui abertos, como que a instigá-lo a discordar das minhas palavras. Ele ripostou meu olhar com um outro, de esguelha, pero não replicou. Encorajada, continuei. – Acaso não faleceram Bartolomeu Dias e seus homens de mortes tão gloriosas, ao naufragarem no Cabo das Tormentas, quanto as dos bravos lusos de Affonso de Albuquerque, ao tombarem ante as lanças de nossos vis inimigos tlaxcalas?

– Creio que tens razão, minha senhora. – Dom Vasco reconheceu.

– A Senhora Dona Xochiquetzal possui o coração nobre e mui sábio de um capitão honrado. – Lopo Vaz de Sampaio prestou-me uma vênia cerimoniosa. – Distingüida mesmo entre a estirpe mui excelsa do *Tlatoani* Montezuma.

– Pois que então, nobres senhores, – baixo o olhar, com a modéstia peculiar das esposas mexicas, quando a falar em meio a um grupo de varões, – por que não unir os desígnios d'El-Rei com o propósito mui excelso de descobrir se essa passagem sub-África de facto existe?

– O que dizes, Senhora?

– Eu digo, senhor meu marido, que se descobríssemos esse novo caminho marítimo, poderíamos encurtar nossas viagens por demais. Poderíamos chegar ao Oceano d'El-Rei e transmitir o bom alvitre da destruição de Calicute a Dom Manuel muito antes do que o faríamos se singrássemos de volta pela derrota que assumimos até acá. Ademais, poderíamos estabelecer uma rota executável, por mar e por ocidente, para o comércio das especiarias. Destarte, nos seria possível desbaratar o monopólio dos turcos infiéis. Para além de prestar grã menagem à memória do bravo Bartolomeu Dias, pois que teríamos provado a todas as gentes da Europa e das Cabrálias que tamanho navegante não pereceu em vão.

Dom Vasco e os demais capitães e oficiais nada disseram por várias batidas do meu coração. Trocaram olhares animados, pero severos, uns com os outros. Alguns fitaram meu marido, para tentar vislumbrar em seu semblante carregado o que o Capitão-Mor da Esquadra pensava da minha sugestão.

Em vez de enunciar decisão, ele se voltou para o mais humilde dos lusos reunidos ao seu derredor.

– Aprochegue-se, Martim Afonso.

– Pois não, Vosselência. – O intérprete prestou uma vênia acentuada. Pelo facto de ter residido vários anos em Congo, o velho marinheiro era versado em língua árabe.

– Acaso estás seguro da existência dessa tal passagem sub-África a ligar o Oceano das Índias ao Oceano d'El-Rei?

– Não, meu senhor. Tamanha certeza como me exigis, esta não vos posso ofertar. – O marinheiro tremeu ante o olhar irascível de meu esposo. Então, como que a se enfunar de coragem, decidiu ajuntar. – Mas o que de facto sei, meu Almirante, é que essa vossa passagem, e bem larga, aliás, está veramente indicada neste mapa que ora tendes diante de vós.

Dom Vasco sopesou a declaração do intérprete por mais alguns instantes. Pouco a pouco, as linhas de seu cenho sisudo se desanuviaram. Então, eu soube que ele já tomara sua decisão.

Às vésperas de nossa partida pela derrota inferida do mapa árabe, grão tesouro acalentado pelo finado Samorim, não consegui conciliar o sono.

Fernãozinho dormiu cedo. Logo após o arroto da mamada noturna e o pequeno já se pôs a dormir.

Affonso foi outra história. Mui desquieto em seus três anos, meu primogênito deu-nos trabalho de sobejo, a mim e à minha prima e aia, Dona Tonantzin, pois que o cotidiano de bordo nem sempre lhe era venturoso e Affonso queria por força permanecer junto ao pai, o qual, não obstante as imensas fainas e obrigações de Capitão-Mor da Esquadra, parecia se agradar com a presença da criança.

Ao fim da história que eu lhe contava sobre as proezas de nosso antepassado, o primeiro Tlatoani Motecuhzoma e de seu irmão e conselheiro Tlacaélel, Affonso enfim se aquietou no regaço generoso de Dona Tonantzin. Então já era noite estrelada nessa enseada próxima à capital do Reino de Cochim, onde nossa Esquadra se mantinha fundeada.

Levantei-me e indiquei mediante gesto peremptório que minha prima aguardasse mais um pouco antes de pôr Affonso em seu leito. Arrumei o vestido e fui para os meus aposentos. Meu *camarote*, como as gentes do mar lusitanas preferiam chamá-lo.

Teria Dom Vasco me procurado ali enquanto eu permanecia nos aposentos de nossos filhos?

Acá por mim, eu teria apreciado por demais se ele o tivesse feito, pois que estava já saudosa das atenções de meu marido. Eis que então reparei com a taça de estanho que Dom Vasco costumava usar. Embora vazia, ainda sabia ao tinto da região do Rio Douro, bebida predileta de meu marido. Pois.

– Ele esteve acá e esperou por mim. Pero cansou-se com a minha demora e acabou por se ir embora para o repouso merecido em sua câmara.

Agastada, considerei ir ter ele na câmara do comandante.

O que pensaria o senhor meu marido se acaso eu ousasse me reunir consigo na calada da noite? Será que se riria de tamanha atrevidura e me convidaria a repartir seu leito, como eu ansiava? Ou, ao contrário, mandar-me-ia de volta para o camarote, indignado, após me admoestar, severo, que uma esposa portuguesa, uma filha d'algo de fina estirpe, não deveria jamais comportar-se destarte?

Pelo sim pelo não, servi-me de uma taça de vinho da Ilha da Madeira. Alguns físicos portugueses afirmavam que era o melhor para fortificar o leite das mães. Se vero ou não, eu não sabia dizer. Porém, uma cousa era certa: não tomei daquele Malvasia para tornar a mamada de meu pequeno Fernão mais caudalosa. Não e não. Deleitei-me com aquela taça e daqueloutra que a ela se seguiu, na esperança de que tal prazer dulcíssimo trouxesse consigo ou bem coragem ou, quiçá, o sono.

Segundo a tradução que Martim Afonso obrou a partir dos escritos gravados em alfabeto árabe nos lados daquele mapa do qual Dom Vasco e seus capitães se valiam como vero *portolano*, havia época azada para se partir do Oceano das Índias rumo ao Oceano d'El-Rei. Ao que depreendi da explanação obscura do velho marinheiro, era algo a ver com os ventos sazonais...

Amofinado, Dom Vasco acabou por lhe indagar:

– Dizei-me, homem de Deus, acaso estamos nesta estação oportuna?

Martim Afonso quedou-se mudo e cabisbaixo, olhar fixo nas tábuas escuras do madeiramento do convés.

– Então, Martim Afonso. – Dom Vasco enristou o dedo ao peito do marinheiro com ar furibundo. – Vossa Mercê há de ter arrancado a sabença de que tanto carecemos, após tamanhas horas de estudo desse pergaminho. Dizei-me, pois. Ser-nos-á seguro desferrar nossas naus e enfunar nossos velames a todo pano rumo ao Sudoeste, como esse mapa arrevesado nos bafeja?

– Creio que sim, Vosselência. – Martim Afonso engoliu em seco. – Ao menos é o que está escrito acá.

– Pois que está decidido. – O sorriso feroz de meu marido rutilou por entre os tufos alvos de sua barba comprida. – Senhores capitães, retornai às vossas naus. Preparai-vos para a partida iminente. Aguardai a passagem da minha *Lusitânia* e então singrai em nossa esteira.

– Singraremos por mares nunca dantes navegados. – Dom Francisco da Gama sopesou a determinação do pai com voz grave. – Que o Bom Deus esteja conosco.

– E que Nosso Senhor Jesus Cristo nos proteja a todos. – Lopo Vaz de Sampaio benzeu-se de olhos esbugalhados. – Bem com a Virgem Maria, Mãe de Deus.

– Que Quetzalcoatl Onipotente acrescente sua excelsa proteção à dessa trindade Cristã. – Sussurrei mui baixo, de modo a que ninguém me pudesse ouvir.

Não sabíamos se aquela era ou não a época mais azada para superar o Cabo das Tormentas rumo ao Oeste, como Martim Afonso nos falou, conquanto sem lá muita segurança. O facto é que a passagem fez jus ao nome, pois que lá pugnamos contra a mais cruel das tormentas, assaz pior do que aquela com a qual nos confrontamos no Estreito de Magalhães, ocasião em que a Esquadra do Mundo Oceano perdeu duas naus à tempestade e eu meu mui amado irmão Mixtzin.

Em nossa hora de mor agrura, Dom Vasco permaneceu bravoso e resoluto, peado em seu posto favorito no tombadilho. Quando as ondas encapeladas do mar grosso se ergueram, veras muralhas altaneiras de água escura, a ensombrar o céu com seu negrume fatídico, eis que as faces de todos no convés da *Lusitânia* se viraram para ele em busca de proteção.

Quando a onda escomunal alevantou-se à nossa proa, todos se deixaram dominar pelo pânico mais abjeto, porque sentimos bem no fundo de nossos corações que o fim estava próximo. Julgávamonos perdidos, pois não havia como escapar de tamanho infortúnio.

Eis que ouvimos o urro cavernoso de um Dom Vasco raivoso a berrar mais forte do que o ronco da ventania que fustigava nosso costado e os mastros há muito desnudos de todo o velame:

– Vede, ó lusíadas! – Ele sacou da rapieira e a ergueu por sobre a cabeça. – Pois que o próprio mar treme diante de vossa coragem!

Fui tomada de grão espanto, sentimento que logo se tornou em orgulho e júbilo inaudito, ao ver meu esposo a bradar do alto do tombadilho, de lâmina em punho, o vulto escuro de barbas adejantes na ventania, recortado contra o céu alumiado de luz fantasmal, rasgado por relâmpagos, a desafiar as vagas bojudas e os trovões que estrondavam ao nosso derredor.

Como podia um varão provecto ser tão brioso?

Então olhei para os semblantes dos homens à minha volta.

Do oficial de mais súpera patente ao grumete mais humilde, todos ostentavam a mesma expressão exaltada, idêntica àquela que eu própria ora ressumava.

Diversos varões desembainharam as espadas e as brandiram aos berros:

– Por Dom Vasco da Gama e por El-Rei!

– Somos todos lusíadas!

– Com o Senhor Deus e Dom Vasco ao nosso lado, não há vaga ou maremoto que nos possa soçobrar as naus!

Uma vez mais Dom Vasco logrou infundir denodo nos corações de homens até então transidos de pavor.

Àquele momento ponderoso, como que por obra e graça do Divino Espírito Santo, ou quiçá por dádiva do Supremo Atlacamani, o Senhor dos Furacões, de um instante para outro, o mar acalmou-se intimidado.

Todos começaram a gritar como insanos. Águias e Jaguares abraçaram-se com efusão fraternal e não poucos grumetes, marinheiros e oficiais se prostraram de joelhos para dar graças ao Bom Deus. Pois que todos enxergamos bons agoiros naquela calmaria repentina.

Foi nessa ocasião que desenvolvi a fé de que nossa empreita temerária de alcançar o Oceano d'El-Rei por essa passagem sub-África contava com a mercê da Divina Providência.

Enfim, após dias e noites de graves percalços em mar grosso, pela graça do Senhor Bom Deus e pela força emanada da pedra do Sol, erguida pelo antigo *Huey-Tlatoani* Axayacatl na Grande Praça Sagrada de Tenochilitão, conseguimos singrar pela passagem marítima austral existente sob África e retornar às águas bem usitadas do Oceano d'El-Rei sem a perda de uma nau sequer.

Sabíamos estar muito ao Sul. Segundo os pilotos, distávamos quase tão ao Sul quanto à época em que passamos pelo Estreito de Magalhães, pois que as estrelas e constelações já nos eram conhecidas desde aqueloutra ocasião. Constelações que lusos e mexicas já conheciam de sobejo de nossas paragens na Cabrália do Sul, pero que assaz distintas das estrelas que brilhavam nos céus límpidos de Anáhuac e do Reino.

Embora julgássemos conhecer aquelas praias e aqueles ventos e correntes oceânicas, bem como os céus estrelados daquelas noites de verão sob a égide do Cruzeiro do Sul, tão-só galgamos inteira certeza de ter rematado tão briosa proeza, quando o batel armado e lançado pela *Lusitânia* retornou das areias claras daquela praia comprida e fina, que o piloto da capitânia julgara recordar. O oficial e os marinheiros voltaram com o relato de que haviam avistado um padrão lusitano com o brasão do antigo El-Rei Dom João II e a cruz da Verdadeira Fé lavrados em seus bordos.

Pois que então os portugueses já haviam estado por essas plagas antes mesmo das célebres Viagens de Descobrimento levadas a cabo pelo Grão-Almirante Cristóvão Colombo.

Então, o insuperável Cabo das Tormentas, perdição do valoroso Bartolomeu Dias, foi enfim subjugado, tantos anos mais tarde, pela vontade e o pulso firme de meu Dom Vasco da Gama, Almirante e Capitão-Mor da Esquadra do Mundo Oceano.

Em meio às preces e aos hurras de júbilo da marinhagem e da soldadesca, da gente do mar e da gente da guerra, Dom Vasco autorizou o desembarque maciço das guarnições da Esquadra, de modo a que os tripulantes das naus assistissem à missa de ação de graças que ele mandou o capelão-mor Dom Estevão Ribeiro oficiar para que todos pudessem agradecer ao Senhor Deus e à Santa Virgem pelo êxito em retornar ao Oceano d'el-Rei e, mormente, pelo descobrimento da nova rota.

Sob o aplauso dos capitães, oficiais, Águias e Jaguares, Dom Vasco anunciou sua decisão de rebatizar o Cabo das Tormentas como Cabo da Aventurança.

Dois dias mais tarde, as trinta e oito naus da Esquadra demandaram juntas sobre o mar calmo e sob os céus azuis serenos até o Arquipélago de Cabo Verde.

Uma vez surtas as naus defronte à Vila de Praia, visitamos o fortim que também fazia as vezes de residência do Governador Dom Vasco de Ataíde. Embora pertencente à mesma família Ataíde, uma das mais distintas de Portugal, o Governador não é parente chegado de Dona Catarina de Ataíde, a esposa recolhida de meu Dom Vasco da Gama.

Ainda a bordo do batel, na curta travessia que nos levou da *Lusitânia*, aferrada nas águas plácidas da angra da ilha principal do Arquipélago de Cabo Verde, até essas areias cálidas da praia em si, o senhor meu marido contou-me dessoutro Dom Vasco, filho d'algo lusitano que granjeou vultosas mercês de Sua Majestade El-Rei Dom Manuel pelo facto de haver comandado a bom termo uma caravela na célebre expedição de Pedro Álvares Cabral, que confirmou a suspeita da existência das vastas terras da Costa do Brasil, região mui rica em matas e florestas, da qual tomou posse em nome da Coroa de Portugal e que foi mais tarde batizada por Dom Manuel com o nome de "Cabrália", nome esse sugerido pelos doutos conselheiros da Corte e que hoje era conhecida como Cabrália do Sul.

Dom Vasco de Ataíde nos recebeu em sua câmara de governo com pouca pompa e de um jeito assaz açodado para quem estava a ouvir à primeira vez notícias tão alvissaradas, como a do cumprimento da vingança d'El-Rei contra o maligno Samorim e a do descobrimento do novo caminho marítimo para as Índias.

A disposição alvoroçada do Governador perante a grei da Esquadra logo se justificou quando meu marido concluiu o relato de nossas proezas no Oceano das Índias.

O filho d'algo soltou um suspiro profundo, acomodou-se melhor na cadeira estofada de espalda alta e iniciou seu discurso sem sequer um intróito de boas-vindas:

– Pois saiba, Senhor Almirante, que recebi há cousa de três dias notícias de grave teor provindas do Reino. O desinquieto Rei Carlos de Espanha armou uma frota bojuda e nela embarcou avultado exército de cavalarianos de escol e soldados peões de Castela, para além de vasta data de mercenários de Aragão.

– É veramente grave o que ora nos contai, Senhor Governador. – Meu marido cofiou a barba, a fitar os semblantes preocupados de seu primogênito, Francisco da Gama, do capitão Lopo Vaz de Sampaio e de meu irmão, o Príncipe Itzcoatl. – Acaso nossos espias lograram apurar a meta de tão pujante expedição?

– Oras, pois que não se faz segredo algum em Espanha da derrota seguida por tamanha Armada. – As mãos de Dom Vasco de Ataíde se agarraram aos braços de sua cadeira, num gesto de aflição patente. – As naus de Espanha rumaram para o Golfo Mexicatl, doutra margem do Oceano d'El-Rei.

– Pois. – A fisionomia de Itzcoatl permaneceu impenetrável. Apenas o brilho ígneo em seus olhos de obsidiana traía o que lhe passava no espírito. – Pretendem invadir Anáhuac.

– E isto não é nem de longe o pior, meus caros. – O Governador prosseguiu no tom mais alarmado. – Boa parte de nossa Armada em Portugal encontra-se presentemente ocupada no bloqueio aos portos inimigos de Palos, Cadiz e Sevilha. Em meio a tantas notícias malsinadas, folgo em anunciar-vos que até agora logramos impedir a partida de reforços castelhanos para o assalto iminente ao México e à Cabrália do Norte.

– E quanto ao Reino em si? – Meu marido indagou. – Os bastardos de Castela não estão a tentar invadi-lo por terra?

– Não ao que saibamos acá no Arquipélago. – O Governador torceu as mãos, abatido. – Todavia, por questão de provimento, El-Rei ordenou a marcha de imensas hostes de infantes lusos, reforçadas por milhares de guerreiros astecas, de modo a guarnecer os antigos castelos e paços das fronteiras oriental e nortenha do Reino. Do Minho ao Extremoz, os lusíadas estão prontos a rechaçar o pusilânime invasor castelhano, se ele acaso ousar marchar contra o Reino, tal como nossos avós os expulsaram na Batalha de Aljubarrota.

– A gravidade das novas que Vossa Excelência ora nos revela, – Dom Vasco da Gama ergueu-se da cadeira estofada com a mão direita poisada no punho de ouro lavrado da rapieira, – obriga-nos a imprimir uma guinada brutal no leme da situação.

– Não esperava outra cousa do Almirante. – O Governador também se alevantou com um suspiro de alívio. Pela primeira vez, desde a chegada de nossa grei, vimos um sorriso desmaiado a lhe abrandar a carranca, mesmo que só um pouco. – Já vos mandei preparar pólvora e provisões de boca e de guerra para a longa e árdua jornada.

– Pois, então. – Meu marido aproximou-se do Governador e repousou as mãos nos ombros dessoutro Dom Vasco com um brilho agradecido no olhar. – Eis que os merecidos refestelos e folganças em Lisboa ainda hão de tardar um pouco mais.

Os três filhos d'algo mais jovens alevantaram-se à pressa e eu lhes segui o exemplo. Enfim, nossa estada em Cabo Verde foi assaz mais curta e atribulada do que havíamos previsto à chegada.

Sem detença, Dom Vasco da Gama ordenou que as naus se abastecessem de vitualhas, tonéis de vinho e aguada, barris de pólvora, pelouros para os canhões e bombardas, e demais fardagens. Isto posto, apressamo-nos em demandar no curso do Vice-Reino de Anáhuac e do México, onde decerto Dom Affonso de Albuquerque e o *Tlatoani* Motecuhzoma Xocoyotl, meu pai, já deviam estar a clamar por nosso auxílio.

Meu esposo determinou que duas naus destacassem da Esquadra. Sob comando do Capitão Estevão da Gama, segundo filho de meu marido, essas naves deveriam singrar Tejo adentro até Lisboa, para levar ao Rei dos Reis os bons alvitres do arrasamento de Calicute e do descobrimento de um novo e melhor caminho marítimo para as Índias.

Entrementes, sôfregas por espalharem entranhas castelhanas ao léu dos quatro ventos, as outras trinta e seis naus da Esquadra levantaram ferros daquela plácida enseada e singraram a todo pano, rumo ao Golfo Mexicatl, para dar caça à Frota do Rei Carlos.

Divisa entre a ânsia de destruição de meu senhor Dom Vasco, expressão perfeita dos sentimentos que ora pulsavam nos corações dos capitães lusos e dos *tequiuaque*, os oficiais mexicas, e os cuidados freqüentes com nossos filhos Affonso e Fernão, este último ainda não de todo desmamado de meu peito, senti-me agoniada com meu *tonali*. Ou, como diriam nossos suseranos, com meu destino.

Pois que Dom Vasco já não era homem moço. Já não o era há seis anos, quando me desposou na corte de meu pai em Tenochilitão. Em minha inocência feminil de cihuapilli e filha d'algo, após essa última missão de morticínio e carnificina em Calicute, julguei haver chegado o dia em que poderíamos enfim fincar raízes e desfrutar das merecidas glórias e das riquezas, com tanto gurnir conquistadas, numa quinta aprazível, num sítio tranqüilo qualquer de Anáhuac ou das Três Cabrálias.

Mas, não! Se antes foram meras expedições punitivas, ora era uma peleja de verdade; um conflito sem quartel, tanto nos mares, quanto em terras; tanto em Ibéria, quanto em Anáhuac, nas Terras Baixas do México e nas Cabrálias.

Oras, não podia o Rei Carlos de Aragão y Castela se contentar com seus dois reinos ibéricos, sempre desaguisados e às rixas um com o outro?

Por que teria esse parente castelhano de Dom Manuel que ambicionar as terras e riquezas duramente conquistadas à força das armas, da sagacidade política e, mormente, das artes da negociação dos portugueses?

Acaso o rei hispânico não sabia que seus primos lusitanos eram invencíveis em mar aberto? E que, mesmo em Ibéria, único sítio onde sofriam de inferioridade em números, os lusos eram abastados e engenhosos o bastante para sublevar exércitos inteiros em favor de sua causa?

Não. De forma alguma poderiam os rudes castelhanos esperar bater um povo que dominava os Sete Mares, um reino que dominava as riquezas de Oriente e Ocidente, cujas inúmeras feitorias espalhavam-se como pérolas pelas Costas dos Escravos, do Ouro, do Marfim e até pela Costa do Brasil, mormente quando esse povo possuía como aliados os mexicas, os guerreiros mais destemidos e bem adestrados deste vasto mundo de Deus Nosso Senhor.

Por que, então, o Rei Carlos de Espanha não se resignava com o inevitável senhorio lusitano do ultramar e deixava em paz os portugueses e seus aliados? Oras, ele que vá assaltar as terras do Sul de França ou as ilhas do Mar Mediterrâneo, conquanto que não bula com as posses do Reino!

Pois só destarte poderíamos, Dom Vasco, nossos filhos e eu, assentar morada numa quinta pacífica, próxima ao Rio de Janeiro, à próspera Nova Lisboa na Ilha de Mana Rata, ou na Vila do Rio da Prata, ou mesmo num vilarejo praieiro do Iucatão, para vivermos felizes até o fim de nossos dias, como filhos d'algo e súbditos leais de Sua Majestade El-Rei Dom Manuel.

– Senhor Artilheiro, retomar cadência de fogo contra os vasos inimigos! – Dom Vasco trovejou do alto do tombadilho, na popa da *Lusitânia*.

De seu posto no castelo de proa, o outro convés elevado, situado na extremidade oposta de nossa nau, Tomás Dias, Artilheiro-Mor da capitânia, bradou com voz avezada a se sobrepor aos urros dos canhões:

– Sim, meu Senhor Dom Vasco! – Então, tomou fôlego e berrou num ronco cavo a seus bota-fogos. – Ferro e trovão sobre os castelhões!

Bastou um olhar grave de meu esposo a Fernão Coelho para que esse oficial de convés ordenasse, através do içamento de flâmulas de comando, reação idêntica dos comandantes e artilheiros das outras naus da Esquadra.

Os canhões de bronze fundidos nos reinos teutônicos dispararam um após outro. O costado da *Lusitânia* balouçou deveras, e não por causa do jogo do mar, num Golfo Mexicatl anormalmente calmo. Rolos espessos desse fumo escuro, acre e grosso, que sabiam à pólvora queimada, exalaram das portinholas dos reparos de estibordo e assomaram até o convés principal, onde se acumularam sob forma de neblina negra e funérea. As bombardas de vante e à ré permaneceram caladas, pois que as naus de Castela mantinham-se demasiado afastadas de modo a que tais peças de curto alcance pudessem ser empregadas a contento.

Bem adestrados, bota-fogos lusos e teutões remuniciaram as peças com cadência assombrante; ligeirice esta que já se tornara famosa nos portos, ilhas e vilas praeiras de todo o Oceano d'El-Rei. Quase tão famosa quanto a pontaria mortal dos artilheiros que serviam sob Dom Vasco, cousa que já virara lenda, cantada em prosa e verso, tanto no Reino e na Europa, quanto em África e nas Cabrálias.

Logo ergueram-se urros de júbilo das gáveas trançadas nos topes da mastreação das naus mais próximas.

A denotar indignação, pero também uma ponta de expectativa, Dom Vasco ergueu o olhar até o tope do mastaréu da *Lusitânia* e, a fazer da mão espalmada viseira de capacete, cobrou do vigia:

– Venha daí, grumete! Acaso não tens alvitres a me contar?

– Por Deus, meu Dom Vasco! Dois galeões inimigos atingidos em cheio por diversos pelouros de ora e dantes! Pois que agora parecem estar a fazer água aos borbotões! – O vigia gritou do alto da gávea. As mãos em concha para tornar a voz mais funda. – Os doze vasos remanentes de Castela estão a desfraldar o velame a pano cheio. – O moço fez uma pausa ligeira para observar as velas inimigas ou, quiçá, para tomar fôlego. Então grita doutra vez. – Meu senhor, eles estão a tentar guinar a estibordo para se escafederem!

– Pois que vamos nos manter aferrados no encalço aos falpórrias do Rei Carlos! – Dom Vasco invectivou, a brandir a rapieira de lâmina do bom aço de Coimbra por sobre a cabeça hirsuta. – Não vim a perseguir tais biltres desde o Leste de Cuba até acá, só para os deixar escapar sob minhas barbas, agora que os tenho outra vez ao alcance das bocas de meus canhões, pois que hei de pôr cobro ao assalto que comecei.

– Senhor meu marido, os vasos inimigos já foram batidos por demais. Depois desses últimos dias de perseguição e combate, tantos e tantos foram os pelouros neles metidos que já não passam de destroços, só por milagre ainda flutuantes...

Senti-me assaz contrita ao pedir pelos súbditos do Rei de Castela. O toque delicado de minha mão castanha sobre o braço esquerdo de meu senhor, que se peava à amurada, decerto não produziria o efeito desejado. Já sabia de prévio da contestação que ouviria. Ainda assim, suspirei, decidida a tentar demovê-lo uma vez mais de seu intento aniquilador.

– Mais da metade daquelas naus já não possui mastreação ou velame que lhes permita demandar a contento, quanto mais combater. Três ou quatro delas já parecem prestes a soçobrar, sem precisão de novos auxílios de nossa Armada. Por tal e por tanto, eu vos rogo, meu senhor, poupai a esses coitados ao menos as vidas, pois claro está para todos que a vitória já é vossa e de mais ninguém. Doutro modo, não haverá castelhano sequer para expor a desdita deste grão revés ao Rei Carlos de Espanha e esse nada aprenderá sobre as façanhas e a invencibilidade dos lusos.

– Ah, minha pia Senhora Dona Xochiquetzal! Teu bom coração ainda implicará nossa desdita. Insto-te em que não te intrometas em cousas as quais não és afeita. Será que não percebes que não basta afundar-lhes umas poucas naus. Tão-somente com o desarraigamento completo dessa infame frota invasora, que ousa afrontar esses mares d'El-Rei, cujas águas foram maculadas por sua mera presença, é que conseguirei aplacar o grão desejo e vontade que tenho de destruir!

– Meu senhor! Meu Dom Vasco! – O vigia da *Lusitânia* gritou a pulmões cheios lá de cima da gávea. – Quinze velas desfraldadas no horizonte! Parecem naus, meu senhor!

– Ora, pois! Então, que esses bastardos de Castela ainda não foram inteiramente varridos deste Oceano d'El-Rei?

– São naus mesmo, Dom Vasco! – De seu posto na gávea, o grumete alertou em voz trêmula. – E estão a abrir fogo!

– Estão a disparar contra nós? – Meu marido abainhou a lâmina e quedou-se boquiaberto, a se debruçar com ambas as mãos na amurada, como se ansiasse por lançar-se ao mar para atingir a nado as naves surgidas há instantes. – Pero, de tão longe? Acaso esses parvos ignoram ser impossível nos atingir de tamanha distância?

– As naus que ora bordejam o horizonte não estão a disparar seus canhões contra nós, Excelência! – O vigia gritou, com a voz ora a vibrar de alegria inaudita. – Estão a disparar contra os vasos espanhóis...

– É Affonso! – Dom Vasco rejubilou-se e sacou da rapieira outra vez. Brandiu-a ainda mais alto do que dantes. – É Dom Affonso de Albuquerque quem se achega para nos auxiliar na caçada a esses cães de Castela!

Com o semblante livoroso de emoção, não resisti e indaguei de chofre:

– Oras, senhor meu marido, o que o próprio Vice-Rei estaria a fazer nessas águas bravias do Golfo Mexicatl?

– Está a cumprir cousa que constitui o mais grave dos deveres marciais e o mais doce dos prazeres viris para qualquer filho d'algo luso que possua dois bons *xitomatl* entre as pernas, se a senhora minha esposa me permite a rudeza da expressão. O dever e o prazer de mandar os invasores castelhanos para os quintos dos infernos ou, se tal não for de todo possível, colocá-los de volta em seus devidos lugares!

Embora como Vice-Rei, Dom Affonso possuísse patente súpera a de meu marido os dois eram amigos de longa data. Como antigo Governador-Geral da Cabrália do Norte, Dom Vasco fora por diversos anos o vero braço forte do Vice-Rei. Por isto, não me espantei com o desejo manifestado por Sua Alteza, através do içamento de flâmulas. Em lugar de exigir que Dom Vasco fosse até ele, decidiu vir ele próprio a bordo da *Lusitânia*, tão logo nossa nau e a *Santa Cruz*, a capitânia do Vice-Rei, puseram-se a contrabordo uma da outra.

Radioso com a menagem tácita que Dom Affonso ora lhe prestava, meu esposo ordenou que a *Lusitânia* manobrasse de maneira a ofertar o costado de estibordo, de mor galardão, às espias e cabos lançados de bombordo pela outra nau.

Mal as duas galhardas naves de guerra surtaram na enseada protegida daquela ilha pequenina, pero assaz bela, uma das mais humildes pérolas preciosas do colar magnífico de Dom Manuel incrustado no Mar das Antilhas, espias foram trocadas, para pear os dois cascos um ao outro. Nossa prancha lavrada em angelim-pedra correu amurada acima a meia-nau, até que os ganchos cravados em seu bordo inferior se enfiaram nas grossas argolas de bronze espetadas no corrimão da *Santa Cruz*.

Acompanhado por seu séquito de oficiais lusos, mexicas e acolhuas, Dom Affonso não se fez de rogado. Com destreza de homem moço, cruzou a prancha e saltou no convés principal da *Lusitânia*, onde já o esperávamos.

– Há quanto tempo já não nos víamos, meu bom e leal amigo. – Pouco mais alto e mais idoso que meu marido, Dom Affonso o tomou pelos braços e trocou um amplexo fraterno com seu companheiro de tantas batalhas pelas Três Cabrálias. – Eis que me chega como raio em céu aberto em nossa hora mais ponderosa! A caravela do Governador Dom Pero Lopes chegou-me de Santo Antônio de Cuba há cousa de duas semanas, a alvissarar que o nobre amigo havia surgido como anjo vingador por Antilhas adentro, a se abater sobre aqueles poltrões do Rei de Espanha, a arrasá-los por completo.

– Pois, de facto, destarte o foi, meu bom Affonso. – Dom Vasco respondeu, ainda de braços dados e olhos fixos na altivez hirsuta do semblante do Vice-Rei.

– Então, foi de bom alvitre seguir o juízo de meu sábio *Tecuhtli* Montezuma e me fazer ao mar com todas as naus que pude arregimentar por todo o litoral do Iucatão e pelo Golfo afora. – Dom Affonso continuou. – Pois suspeito que, me demorasse cousa duma semana mais e meu furioso amigo não me deixaria nau hispânica alguma para meus canhões sequiosos...

Dom Vasco prorrompeu numa gargalhada que ecoou pelo velame e madeiramento do convés.

Só então o Vice-Rei girou o olhar à roda, a reconhecer e cumprimentar alguns dos oficiais e *tequiuaque* presentes.

Saudados os guerreiros, cumpridor da rigorosa conduta observada nas cortes mexicatl e acolhuatl de Tenochilitão e Texcoco, pôde Dom Affonso enfim reconhecer minha presença:

– Senhora Dona Xochiquetzal! Mui formosa e encantadora, como é de hábito! Como tem passado, minha cara cunhada?

– Muitíssimo bem, Vossa Alteza, com a graça do Bom Deus e de Nosso Senhor Jesus Cristo.

– E com a de Huitzilopochtli, por decerto. – Dom Affonso rematou com um fulgor divertido nos olhos, a denotar seu respeito velado ao Deus da Guerra, até hoje venerado à socapa em toda a chapada de Anáhuac, e em cuja honra ainda se arrancam corações de guerreiros no tope da Pirâmide do Sol, em Teotihuacão; tudo isto sob a vista grossa salutar de nossos suseranos lusos. – Pero, como não me canso de repetir, uma e outra feita, não há precisão de que a senhora me chame de "Alteza", nem mesmo em público. Pois que enfim, somos ou não somos parentes?

– Com muita honra, meu cunhado Dom Affonso. – Abri meu melhor sorriso àquele velho guerreiro, quase tão bravo e impetuoso em sua armadura reluzente quanto meu marido. Contudo, à menção de nosso parentesco, alembrei-me de indagar. – E acaso, meu cunhado, trouxe consigo minha irmã Chalchiunenetl?

– Bem que gostaria de tê-la trazido, minha cara. Pois que sinto imensa falta de minha amada e mui bela esposa. Todavia, pelo facto de estar ela prestes a dar a luz, minha sogra, a Senhora Dona Tolana-Teciuapil, pediu-me para que deixasse a filha a seus cuidados, na corte do *Tlatoani*, pai de Vossas Senhorias. Pedido este que à época concedi com gosto, pero que ora me faz saudoso e por demais animado em pôr termo a esta guerra de mar e terra que ora movemos contra Espanha e que já se arrastou por mais meses do que devia.

Não duvidei de meu cunhado. Como Vice-Rei de Anáhuac e grão amigo de meu povo, Dom Affonso concedeu avultado incentivo à política de misturar os sangues e as sementes dos nobres portugueses com os das *teuclahtoh* mexicas. Inclusive através de seu exemplo pessoal.

Pois, por esses dias que corriam, graças ao beneplácito de meu cunhado, já se ouvia falar que o próprio El-Rei não se mostrava tão avesso quanto dantes à idéia do casamento de *teteuctin* mexicas e acolhuas com filhas d'algo lusas de escol, desde que os noivos *náhuatl* professassem a fé cristã ou, pelo menos, declarassem fazê-lo.

– Mais um varão, pois. – Dom Vasco regozijou-se. – Mais um guerreiro forjado desta mescla perfeita que é a fusão das virtudes lusitanas e mexicas.

– Oxalá que assim seja, meu grão amigo. – Dom Affonso abriu um sorriso matreiro. – Pois que estamos a lançar os alicerces de uma nova estirpe, quiçá forjada para governar este Novo Mundo sob o pendão d'El-Rei.

– Pois. – Dom Vasco fitou o Vice-Rei com o olhar brilhante.

– E se varão for, – Dom Affonso rematou, – chamar-se-á Vasco. Pois que há tempos anseio por retribuir ao amigo a grã menagem que me concedeste com o batismo de vosso primogênito com Dona Xochiquetzal, meu afilhado Affonso da Gama.

Meu excelso cunhado cumpriu as efusividades e trocas de alvitres de costume.

A grã nova que ele nos trouxe de Anáhuac foi que os exércitos aliados de Tenochilitão, Texcoco e Tlacopão, devidamente montados em cavalos, armados com lâminas de aço, balestras e arcabuzes, e apoiados pelos canhões lusitanos, haviam enfim logrado uma vitória definitiva contra os feros e bravosos tarascas em Mechuacão, plagas de muita abastança situadas ao Oeste de Anáhuac. O Reino Tarascatl fora reduzido sujeição de vassalo do *Huey-Tlatoani*. Persuadido por Dom Affonso, meu pai decidira poupar não apenas a vida do Rei Tangaxoan III, pero o manteve no comando de seu país. Todavia, não abriu mão do cobro de grossas peitas ao novo vassalo.

Sempre tomei os tarascas por gentio deveras estranho. São bárbaros, é vero. Não são, contudo, *chichimecas*, isto é, bárbaros de fala *náhuatl*, como o foram no passado os próprios antepassados dos mexicas, acolhuas e tepanecas, que hoje governam o Reino Culhua-Mexica através dos *tlatoque* de tríplice aliança das metrópoles de Tenochilitão, Texcoco e Tlacopão. De contrário, os tarascas falam um *tlahtol*, uma língua, mui diversa de todas as outras que já ouvi em nossas andanças pelas plagas do Vice-Reino. Por tal e por tanto, creio que a origem dos tarascas é assaz distinta daquela das outras gentes das Terras Altas do México, muito embora ninguém saiba esclarecer ao certo qual o teor real dessa origem.

Após inspirar nossos ânimos com tão boa nova, meu cunhado comunicou uma grave determinação que, conquanto tenha inchado de júbilo os corações dos guerreiros, não foi, em absoluto, do meu agrado.

Conquanto não pudessem ter inteira confirmação, Dom Affonso e Dom Vasco pareciam julgar que a esquadra de conquista aviada pelo Rei Carlos fora inteiramente destroçada pela Armada sob comando de meu esposo, a antiga Esquadra do Mundo Oceano, que retornara de maneira tão oportuna e inesperada ao Mar das Antilhas.

Uma vez recobrados do pasmo, os oficiais do séquito do Vice-Rei muito se alegraram com o alvitre do descobrimento do caminho marítimo para as Índias por sub-África, velho anseio lusitano, desde os tempos idos do Infante Dom Henrique, o Navegante.

Os últimos informes recebidos em Santa Cruz, principal porto erigido pelos portugueses no Vice-Reino, davam conta de que os invasores castelhanos haviam singrado até a costa do Novo Douro, onde efectivaram desembarque bem-sucedido ao norte da Ilha de Mana Rata, onde se situa a próspera cidade de Nova Lisboa, sede de governo em Cabrália do Norte. Sob comando de Dom Antônio de Ataíde, filho-d'algo que sucedeu Dom Vasco no governo daquela colônia, as forças aquarteladas na cidade erigida no sul da ilha haviam resistido aos invasores com o auxílio de seus aliados iroqueses. Nova Lisboa permanecia, todavia, sitiada por terra, embora estivesse a receber por barco grã data de vitualhas, fardagens, munição e reforços.

Dom Vasco propôs demandar a todo pano para o Novo Douro, de maneira a bater e expulsar o invasor em definitivo. Suspirei de alívio quando o Vice-Rei contestou esse plano. Afirmou que já considerava a libertação de Nova Lisboa como favas contadas, pois que havia despachado para Mana Rata copiosas hostes mexicas sob comando luso e mexicatl.

Meu coração, no entanto, afundou até me pousar nas tripas, que meu Bom Deus me perdoe, quando Dom Affonso confessou ter precisão dos préstimos marciais de meu esposo e das forças sob seu comando para o cumprimento de uma incumbência mui dificultosa em terras por demais longínquas:

– Deixe estar, que dos invasores de Castela cuido eu. Os bastardos não perdem por esperar. Ainda hei de tê-los jogados a meus pés, a implorar clemência a mim e a El-Rei. Sucede-se, todavia, que a Coroa tem outras pelejas a travar noutro canto remoto das Cabrálias... Nosso maior e mais fiel aliado nas costas do Mundo Oceano, o Inca Huayna Capac, clama por nosso auxílio.

Ante nossos olhares abismados pela perspectiva de afrontar combate num reino tão poderoso e situado em plagas tão distantes, o Vice-Rei aprestou-se em esclarecer:

– Mensageiros do Inca chegaram das Grãs Serranias por terra, pela antiga trilha do Peambiru, até o vilarejo de São Vicente, de onde as novas foram remetidas às mãos do Governador Geral Pedro Álvares Cabral, no Rio de Janeiro. Junto com a mensagem oral mandada pelo Inca, o portador nos trouxe uma carta selada com o sinete do jovem Dom João de Barros, feitor da Régia Fazenda e embaixador da Coroa em Chanchão de Adobe. Cabral já enviou copioso exército de mais de três centos de lusos e cerca de cinco mil guerreiros tupis Peambiru acima. Todavia, como Vossas Senhorias quiçá já tenham ouvido falar, trata-se de caminho árduo por demais, mormente quando trilhado por tamanha hoste armada. Portanto, mesmo com guias quíchuas e o favor da Divina Providência, as forças do Comandante Luís Álvares Cabral, o primogênito do governador, decerto não atingirão Cusco nas Alturas, se não daqui a um bom punhado de meses, isto se tudo correr a contento.

– Não resta duvidança quanto a podermos atingir nossa feitoria em Chanchão por mar, assaz mais lesto do que Luís Cabral a Cusco. – Dom Vasco declarou, sisudo, a cofiar a barba suarenta; a taça de tinto da região do Douro esquecida sobre o tampo da mesa da câmara do comandante da *Lusitânia*. – Mas, a quem devemos dar combate? Pois, quem ousa desafiar o poder do Inca?

– O próprio filho, meu amigo... O próprio filho! – Dom Affonso rosnou por detrás da barba, ainda mais alva e comprida que a de meu marido. Agastado, poisou a custo sua inseparável *xicálli* de argila branca com *xocolatl* espumante temperado a canela.

– Não o valoroso Príncipe Atahualpa, por decerto! – Meu esposo bramiu, trêmulo de indignação e descrença. – Pois que conversei diversas feitas com esse mancebo insigne, quando de nossa estada em Chanchão, rumo a Calicute. Pareceu-me nutrir sincero amor e devoção filial por seu pai e soberano.

– Não é esse o príncipe que ora lidera a revolta e que, segundo a notícia, tomou Cusco nas Alturas. Foi um outro príncipe, de nome Huáscar. Consoante com os fragmentos de informação que João de Barros logrou coligir, esse príncipe traidor teria exterminado um outro meio-irmão, o príncipe-herdeiro, e se auto-proclamado Inca na própria capital do Império.

– Senhores, Portugal e El-Rei têm precisão da prata do Império Inca para construir novas frotas e armar novos exércitos. – Até então imerso num silêncio deferente, o Capitão Vaz de Sampaio manifestou-se num tom que traía sua exaltação com os destinos do Reino. – Mormente agora, com as forças do Rei Carlos quiçá prestes a penetrar através de nossa fronteira mais vulnerável.

Dom Affonso e Dom Vasco se entreolharam, contristados. O Vice-Rei enfim reconheceu:

– É facto. – O Vice-Rei confirmou. – Temos imensa precisão da prata e do ouro que negociamos com os representantes do Inca. Agora, mais do que nunca.

– Pois que então, decidido está. Com sua permissão, meu amigo, em três dias desferramos e içamos velas rumo ao Estreito de Magalhães. No que depender de mim e da minha Esquadra, Portugal honrará sua aliança com o Inca Huayna Capac. Ordenarei a pronta descarga de boa parte dos quintais de pimenta que ora trazemos a bordo, fruto do saque de Calicute, bem como de toda a canela, cravo e gengibre que meu filho Francisco logrou trazer consigo nas naus que comandou em comissão às Ilhas das Especiarias.

– É de bom alvitre que o faça, compadre. Pois que vossa Esquadra carecerá de todo o espaço que se lograr obter nos porões das naus para que receba a copiosa data de vitualhas, pólvora, pelouros e demais fardagens com que pretendo abastecê-la de modo a que possa cumprir a portentosa expedição que ora tem por vante.

– Rogo ao amigo e compadre que guarde essa carga de vera abastança que trouxemos das Índias e que a leve até os armazéns régios do porto de Santa Cruz, de onde os feitores retirarão o quinhão devido a El-Rei e guardarão para nós a parte que nos cabe.

– Fique sereno, meu amigo, pois assim será feito.

Pesarosa e mofina, acabei de um só trago com o resto de *xocolatl* misturado ao vinho Malvasia que estava a abeberar em sorvos minutos, sob pretexto de me fortalecer o leite, de modo a que pudesse dividir com minha aia e prima, a acolhua Dona Tonantzin, a doce faina de dar o peito a meu Fernãozinho.

Destarte, comandada pelo senhor meu marido Dom Vasco da Gama, Almirante d'El-Rei e Capitão-Mor da Esquadra do Mundo Oceano, desferramos nossas naus e tomamos singradura rumo ao longínquo Tahuantinsuyu.

Tal se deu na segunda-feira que se sucedeu ao domingo de Páscoa do ano de mil quinhentos e vinte e quatro do Nascimento do Nosso Senhor Jesus Cristo, ano *chicoace tecpatl*, ou 6-sílex, pela cronologia seguida por todo Anáhuac.

Parte II
Astecas em Tahuantinsuyu

De como a Esquadra do Mundo Oceano aportou em Chanchão de Adobe destoutra feita para oferecer apoio ao Príncipe Atahualpa.

Pouco menos de sete meses após aquele colóquio ponderoso de meu esposo com seu velho amigo e contraparente, Dom Affonso de Albuquerque, e mais de oito semanas após retornar ao Mundo Oceano, desta feita sem nenhuma nave soçobrada nas águas regélidas e bravias do Estreito de Magalhães, eis que a portentosa Esquadra comandada por meu Dom Vasco da Gama encontrava-se uma vez mais fundeada ante a praia onde há a feitoria que nossos suseranos lusos erigiram, próximo à grã metrópole de Chanchão de Adobe, outrora capital do orgulhoso Reino Chimor, hoje sede de uma província nortenha do Império Inca.

Império Inca é como os portugueses chamam este reino em cujas praias ora aportamos. Pois que os nativos a ele se referem como *Tahuantinsuyu*, que em quíchua significa algo como "Terra das Quatro Direções".

Essas quatro direções, ou *suyus*, são em verdade as quatro mores regiões nas quais os incas dividem seu vasto Império. É de todo justo se pensar nessas quatro direções como Norte, Sul, Leste e Oeste, pois os próprios incas devem ter pensado nos quatro pontos cardeais ao nomear suas suyus. Tanto é assim que foi que puseram sua capital, Cusco nas Alturas, no centro da rosa-dos-rumos e se referem a essa metrópole pelo epíteto de Embigo do Mundo. Aliás, em quíchua, a palavra "cusco" significa "embigo" ou "centro".

Já que estamos a falar de quatro direções e, por tal e por tanto, de quartas, João de Barros julgou mais azado traduzir a palavra quíchua "suyu" por "quartel", pero que tal proposição me soou por demais estranha desde a primeira vez que a ouvi.

De todo modo, essas quatro suyus ou quartéis não são todas do mesmo tamanho. De acordo com nosso feitor, tampouco possuem a mesma data de recursos e abastanças. Enquanto que Chinchasuyu ao Norte e Collasuyu ao Sul são quartéis mui vastas e assaz ricas e populosas, Antisuyu ao Leste e Cuntisuyu ao Oeste são de menor monta e importância pouca quando cotejadas aos suyus nortenho e suleiro do Império.

Tanto Chanchão quanto Quito a Fiel situavam-se em Chinchasuyu, ao passo que Collasuyu, de acordo com as crônicas orais dos incas, foi a pátria de seus antepassados. Se essas crônicas eram legítimas ou falsas, não me era dado afirmar, pero que o facto era que existiam copiosos vestígios de cidadelas abandonadas, algumas em ruínas, outras ainda inteiras, mormente na vizinhança de grande lago, batizado de Titicaca pelos locais. João de Barros afirmou ter visitado um sítio por lá que se chamava Tio-Anaco, onde se deparou com longos muros de cantaria e largos lanços de escadas que não pareciam levar a sítio algum, para além de um monumento incompreensível ao qual os nativos se referem como "Portão do Sol", erguido com cortes das pedras mais duras e resistentes que se podia encontrar por acolá. Decerto a revelar seu lado parvo, nosso feitor insistia em cotejar essa tal Tio-Anaco com a Cidade dos Deuses Teotirruacão que ora existia em Anáhuac.

Não obstante essa divisão em quatro suyus ou quartéis, após seu avassalamento pacífico, os incas pareciam inclinados a adotar um jeito mais lusitano de pensar nessas quatro regiões e ora dividiam cada uma delas em várias províncias distintas.

Ao contrário dos quíchuas, povo originário das Grãs Serranias, situadas muitas e muitas léguas a Leste das praias do Mundo Oceano, onde sobejam pedras e granitos de todos os jaezes, os chimus erigem suas cidadelas e fortalezas em adobe. Conquanto assaz diferente das cidades incaicas, a orgulhosa Chanchão rivaliza em grandeza com Cusco nas Alturas, embora não possa, sem duvidança, ser comparada às vastas dimensões urbanas de minha amada Tenochilitão, com suas praças mui amplas e seus canais e ruas mui retos e direitos, mesmo se fizermos conta tão-somente dos distritos insulares da capital do Reino Mexicatl.

Os portugueses costumavam cotejar Tahuantinsuyu a Anáhuac, ou seja, em bom português, o Império Inca ao Reino Culhua-Mexica.

Pelo facto de que tanto incas quanto mexicas constituírem civilizações poderosas, dominarem territórios escomunais e governarem feixes de povos, tanto estrangeiros quanto aparentados, nossos suseranos comuns afirmam que os quíchuas são os mexicas de Tahuantinsuyu. Afirmação absurda que logra a proeza de indignar tanto os súbditos do Inca Huayna Capac, quanto os *pipiltin* da corte do *Huey-Tlatoani* Motecuhzoma Xocoyotl, que os lusos preferem chamar "Montezuma Segundo", não obstante a melhor tradução em bom náuatle ser "Motecuhzoma o Moço", em alusão ao primeiro Huey-Tlatoani Motecuhzoma, segundo monarca de nossa dinastia e precursor de nossa grandeza atual, junto com seu tio Itzcoatl, nosso primeiro tlatoani, e seu astuto irmão Tlacaélel.

Quanto a mim, conquanto reconheça a existência dalguma parecença de somenos, pois que constituímos os dois mores impérios do continente cabralino, juro por Nosso Senhor Jesus Cristo e por Tezcatlipoca, que os lusos insistem em confundir com "Deus Pai", que não há dois povos mais dessemelhantes do que incas e mexicas.

Quando protesto do cotejo a meu esposo, ele sorri e argumenta, prazenteiro:

– É facto, minha bela senhora. São mui desiguais, os incas e os astecas. Os incas, por exemplo, não elevam templos a modo de pirâmides de degraus como os vossos.

– E tão-pouco praticam sacrifícios humanos. – Dom Affonso boquejava aos nossos ouvidos, quando se encontrava presente e escutava a comparação. – Pelo menos, não amiúde. Ao que parece, os deuses dos incas não nutrem tamanha sanha de sangue quanto vossas acerbas divindades mexicatl. A imolação de uma lhama ou cuí fortuita, ou ainda, no mais das vezes, meramente grossas pilhas daquelas vestes mui finas e requintadas que eles tecem por lá, é tudo o quanto basta para placar a ânsia de Inti, o Deus do Sol, que é a principal deidade do panteão dos incas.

Os portugueses só conseguiam enxergar a inexistência de teocallis piramidais, bem como a ausência dos sacrifícios humanos.

Acaso não percebiam que, ao contrário dos mexicas, os incas tinham por hábito alterar os costumes dos povos dominados? Não se contentavam em cobrar peitas às gentes vassalas, pero desejavam forçá-las a adotar as práticas de cultivo, o jeito de vestir e o modo de vida dos incas. O Inca parecia querer governar todas as atividades de seus súbditos, quíchuas ou forâneos, desde o resultado das colheitas, até a monta de roupas e ferramentas fabricados. João de Barros afirmou que os incas chegaram ao ponto de obrigar povos vassalos inteiros a se mudarem do sítio onde viviam para regiões longínquas do Império, costume assaz bárbaro cuja mera idéia me afrontou por demais, pois que o tomei por de suma crueldade.

Quiçá os mexicas tivessem uma ou duas cousas a aprender com os engenheiros e artífices incas. Mormente no que respeitava à perfeição no corte de pedras duras, à construção de estradas e a edificação desses magníficos terraços de cultivo.

Quiçá conviesse levar para Anáhuac essas tais *patatas* e esses grãos, os *quínuas*, pois que com eles os incas preparam iguarias assaz nutritivas e saborosas. João de Barros acreditava que lograríamos cultivá-los nas Terras Altas do México.

Por outro lado, era possível que pudéssemos ensiná-los a adotar nossos calendários precisos e o conhecimento dos astros errantes. Quanto à escrita, embora nossos glifos pictóricos fossem assaz superiores àqueles punhados de cordas coloridas que eles chamam *quipus*, era de minha crença que, assim como os mexicas, os incas acabariam por adotar o alfabeto que nos foi apresentado pelos portugueses. Não era difícil conceber que tal viesse a ocorrer. Pois que até para falarem direto entre si, sem precisão de um intérprete, mexicas e incas deviam empregar o português como língua franca.

Um aspecto assaz curioso do quíchua, *tlahtol* dos incas e língua oficial do Império, era a de que ela se assemelhava de sobejo ao falar dos tarascas, povo que habitava o Noroeste de Anáhuac, coração de nosso Império Culhua-Mexica, centrado ao derredor do Lago Texcoco. Como os incas, também os homens do antigo Reino Tarascatl, nossos mais novos vassalos, cortavam seus cabelos bem curto. Teriam esses incas, tão civilizados e insignes, algum parentesco com os tarascas, raça bárbara, pero não chichimeca, e mui feroz, que os mexicas só lograram avassalar a muito custo e com o auxílio valioso do aço e da pólvora que nossos suseranos nos ensinaram a fabricar?

Outra distinção importante, ainda que recente, entre nossos dois povos era que, ao contrário dos incas, nós adotamos oficialmente a fé cristã e, com ela, o costume lusitano de batizar nossos filhos com os nomes de divindades. Em nosso caso, deidades mexicatl em lugar dos santos da devoção cristã.

Meu pai, Motecuhzoma Xocoyotl, *huey-tlatoani*, ou seja, o venerando arauto dos deuses de Tenochilitão e, portanto, visto pelos portugueses como "Imperador" do Reino Culhua-Mexica, desde jovem revelou-se um monarca interessado por questões afeitas à religião. Portanto, não surpreende a conjectura que apresentou os pipiltin da Tríplice Aliança: quiçá nossos novos aliados lusos sejam tão invencíveis pelo facto de terem se atrevido a batizar suas crianças com os nomes de suas deidades. Destarte, meu pai convenceu seu Conselho dos Águias e os *tlatoque* das nações aliadas de Texcoco e Tlacopão a professar costume semelhante. Em vez dos nomes de santos católicos, como Pedro, José ou João, que abundam em mor data do que nossos deuses mexicatl, passamos a batizar nossos *teteuctin* com os nomes de nossos deuses menores, como, por exemplo, a deusa do amor, da juventude e das flores, Xochiquetzal.

Em que se pesasse a tolice escomunal de cotejar Anáhuac e Tahuantinsuyu, numa cousa os lusos tinham razão. Não obstante os vastos territórios desses dois Impérios, foi-lhes relativamente fácil tomá-los por vassalos com uns poucos milhares de soldados e uns punhados de cavaleiros. Claro que as lâminas de aço, as couraças impenetráveis às nossas setas e lanças, as balestras e arcabuzes, bem como as surpresas que nos causaram os cavalos e os canhões, ajudaram os invasores um bocado em suas duas grãs conquistas.

Assim o foi em Anáhuac. Segundo os escritos do insigne João de Barros, algo de muito parecido se deu em Tahuantinsuyu, com a distinção de que para os incas não houve sequer precisão de se empregar tais armas e as destrezas belígeras para bem usá-las, pero que tão-somente exibi-las em parada, primeiro em Chanchão de Adobe e, mais tarde, na própria Cusco nas Alturas.

Do estudo das crônicas das cortes da Tríplice Aliança de Tenochilitão, Texcoco e Tlacopão, depreendi que as moléstias que pareciam ter vindo junto com os portugueses também desempenharam papel avultado no avassalamento de Anáhuac.

Pois que nos primeiros meses da chegada das forças de Dom Affonso de Albuquerque, quando meu pai e os tlatoque aliados ainda tentavam opor resistência, ainda que débil, ao avanço dos lusos desde o porto de Santa Cruz, no Golfo Mexicatl, até a chapada de Anáhuac, uma epidemia feroz varreu as margens do Lago Texcoco. Consta que quase um sexto das gentes mexicas pereceram enquanto ainda estávamos a tentar resistir aos invasores.

Ao que parece, embora o avassalamento de Tahuantinsuyu tenha sido pacífico, ao contrário do que ocorreu por todo o México, mormente em Anáhuac, em contrapartida, no Império Inca as epidemias se alastraram de maneira mais infesta ou, pelo menos, Dom Vasco pareceu assim pensar quando acá chegamos dessa segunda vez, quiçá pelo facto de que tanto o avassalamento quanto as epidemias são acá acontecimentos mais recentes do que em Anáhuac.

Outra semelhança entre os dois mores reinos vassalos d'El-Rei nas Cabrálias, semelhança essa já observada por João de Barros quando de nossa estada anterior em Chanchão de Adobe, era que tanto o Reino Culhua-Mexica quanto o Império Inca constituíam agregados imperiais jovens, cuja primeira dinastia reinava há pouco mais de um século à época do avassalamento.

No México, os laços de lealdade estabelecidos há poucas décadas entre as elites mexica e acolhua de um lado, e os tlatoque dos demais reinos de Anáhuac e das Terras Baixas de outro, revelaram-se demasiado frágeis para suportar a luta prolongada contra forças comandadas por um varão luso tão ardiloso quanto Dom Affonso. No Iucatão, por exemplo, os maias decaídos mostraram-se assaz lestos em se bandear para a grei dos portugueses.

Segundo João de Barros, algo de mui semelhante ocorreu em Tahuantinsuyu.

Os chimus chegaram a aventar a compra de rapieiras, punhais e balestras às gentes da guerra embarcadas nas naus de Dom Fernão de

Magalhães, quando da chegada daquele grão navegante a Chanchão. João de Barros acreditava que os chimus pretendiam armar um exército com lâminas de aço para atacar a guarnição que o Inca mantinha em sua metrópole. Mesmo se assim não o fosse, é facto legítimo que, anos antes da chegada de Magalhães a Chanchão, reinos tributários do Império situados centenas de léguas a Sueste de Cusco nas Alturas enviaram mercadores com grãs datas de barras de prata até os vilarejos sul-cabralinos próximos ao Oceano d'El-Rei, dentre os quais o de São Vicente e o de Porto Real, para adquirir espadas de aço aos portugueses que acolá residiam. Após serem levadas mais de quinhentas léguas em passo cheio Peambiru acima, tais armas foram efectivamente empregadas em revoltas para desafiar a autoridade do Inca.

Destarte que, quando Dom Fernão de Magalhães apareceu em Chanchão a portar lâminas de mesmo jaez, o comandante da guarnição inca logo mandou os chaquis subirem as Grãs Serranias para dar conta desse facto ao Sapa Inca. Tais mensageiros eram selecionados dentre os melhores corredores do Império. Dizia-se que uma sucessão de centenas de chaquis, cada um dos quais a percorrer tão-somente cousa de uma ou duas léguas, era capaz de conduzir uma nova importante de Chanchão a Cusco nas Alturas em menos de três dias. Daí, não espanta nada que uma semana após os primeiros lusos haverem desembarcado em Chanchão, chegou-lhes o convite real para que prestassem uma visitação ao Inca, que os recebeu com honras de embaixadores cousa de um mês mais tarde na própria Cusco.

Por vezes me surpreendia a imaginar o que teria ocorrido se o Reino Culhua-Mexica e o Império Inca não constituíssem agregados de poder tão jovens por ocasião da chegada dos portugueses.

Será que, tivéssemos cousa de quatro séculos desde o afortalezamento das conquistas da primeira dinastia, como era o caso do Reino de Portugal, teríamos resistido melhor ao invasor luso?

Quiçá não teríamos sido avassalados. Pelo menos, não em Anáhuac, onde as forças dos tlatoque lograram resistir, ainda que tão-somente por uns poucos meses.

Contudo, se tal resistência imaginária se produzisse de facto e os mexicas lograssem expelir os lusos de Dom Affonso de

Albuquerque e quantos outros El-Rei mandasse contra nós, o que seria de mim agora?

Por decerto, não estaria casada com um filho d'algo tão egrégio quanto Dom Vasco da Gama.

Seria tão absurdo assim pensar em tais cousas imaginadas?

Não houvesse sido Anáhuac avassalada pelos lusos, era de todo provável que eu estivesse ora casada com um pilli mexica ou acolhua qualquer. Quiçá mesmo um pilli tepaneca? Tremi ante tal perspectiva. Pois que não me imaginava casada com um pilli tepaneca, que decerto me sairia quase tão frouxo e decaído quanto um maia. Enfim, de um modo ou doutro, eu ainda seria uma cihuapilli de escol. Pero que não teria meus filhos tão alvos, Affonso e Fernão. Tampouco abeberaria o vinho fortificado da Ilha da Madeira misturado ao meu *xocolatl*. Mormente, não desfrutaria do lustre que ora gozo, tanto na corte de meu pai o Huey-Tlatoani Motecuhzoma Xocoyotl, quanto no longínquo Reino de Portugal. Sem duvidança, não teria a mesma influência que ora possuo junto a um filho d'algo do porte de Dom Vasco.

Minha conclusão, portanto, era que havia males que vinham para bem.

Tinha fé de que era mais feliz e influente como filha d'algo lusíada, súbdita leal de El-Rei de Portugal, do que o seria como cihuapilli de um Reino Culhua-Mexica de sonhos, situado dentro duma Anáhuac ainda livre dos portugueses, pero que sem pólvora, sem aço e sem livros. Uma Anáhuac cercada de inimigos por todos os lados.

Nas primeiras horas após nosso desembarque na praia da feitoria, depois de meses a bordo, eu e meu filho Affonso nos sentimos lesos e enjoados, com nossas cabeças a rodar, saudosos que estávamos do jogo almo e benéfico da *Lusitânia*.

Alevantados algo distantes da metrópole em si, os edifícios e armazéns das vizinhanças do porto de Chanchão seguiam a arquitetura lusitana, conquanto seus muros e paredes não fossem de cantaria, porém feitos de tijolos de adobe, como, aliás, tudo por acá. Daí o epíteto que nós mexicas demos à cidade. Já as telhas que cobriam as construções erguidas junto ao porto eram em tudo equivalentes às que vi na casaria do Reino quando de minha estada em Lisboa a Branca. Dessa parecença, entrevi que as construções à roda do porto eram cousa mui recente, erguidas sob influência lusa nestes poucos anos que sucederam à estada de Dom Fernão de Magalhães por acá.

Uma estrada aberta nos moldes incas conduzia do porto à cidade em si.

João de Barros, o moço pero mui letrado embaixador da Coroa Portuguesa em Chanchão, que já conhecíamos de nossa estada anterior por acá, demonstrou-se a um só tempo nervoso e aliviado ante nossa presença. Recebeu-nos no armazém da fazenda, aposento mais espaçoso da feitoria.

– Meu Dom Vasco! Folgo sobremaneira com vossa chegada. Vossa Excelência não é capaz de imaginar os percalços pelos quais passamos acá nos últimos meses, desde o passamento do Inca Huayna Capac, cousa de meio ano atrás.

– Qual o quê? – Dom Vasco retirou da cabeça o chapéu mole de lã negra e o apertou em ambas as mãos. Franziu os lábios com ar contrito. – Então, que o augusto Huayna Capac também foi morto pelo príncipe de nome Huáscar?

– Não, Excelência. O Inca pereceu vítima da epidemia. Bexigas... Bem como o príncipe-bebê, de nome Ninancuyuchi...

– Oras, pois! – Chapéu recolocado à cabeça, Dom Vasco cofiou a barba. – Não foi o príncipe rebelde quem aniquilou o meio-irmão?

– Não o foi, meu senhor. De facto, essa versão foi a que constou na carta que pedi que o Príncipe Atahualpa fizesse chegar até São Vicente. Pois era a informação que eu dispunha à época. Todavia, naqueloutra ocasião eu não sabia o que ora sei. Ademais, julgo que houve uma data de insabidade e, atrevo-me a dizer, não pouca insídia para com o antigo soberano...

– Elucide essa questão sem tardança, ó mancebo. – Dom Vasco reclamou, de cenho carregado.

– É o que estou a tentar fazê-lo, meu Dom Vasco. O velho Inca Huayna Capac estava a morrer da moléstia sem ter escolhido sucessor. Repare Vossa Excelência que o Inca não gerou filho varão com sua irmã, que também fazia as vezes de esposa principal...

– Oras...

Meu esposo lançou um olhar de pasmo, desinquieto ante o informe de que o soberano inca desposara a própria irmã. Porém, após um suspiro fundo, logo gesticulou a João de Barros, para que continuasse a explanação, cousa que este o fez:

– Pois muito que bem. Já a delirar no leito de morte, o Inca indicou como herdeiro o principezinho Ninancuyuchi, então com pouco mais de um mês de vida, cuja nascença, aliás, fora-lhe anunciada escassas horas antes. Seus conselheiros o tomaram por fora de si e voltaram no dia seguinte a lhe repetir o apelo da indicação de um nome. Dessa segunda feita, o Inca declarou que era Atahualpa seu sucessor. Quando soube da decisão do pai, esse príncipe afirmou não poder aceitá-la de imediato, visto que esse não se encontrava em condições de expressar a vontade. Então, os nobres de Cusco retornaram uma terceira vez ao leito de morte de Huayna Capac, dizendo-lhe que seu predileto, Atahualpa, recusava a nomeação...

– Começo a perceber onde reside a insídia a que vos referistes... – Dom Vasco cerrou as maxilas, furibundo. – Pois, vá lá, ò filho, continue vossa resenha.

– Desgostoso e agonizante, o Inca suspirou o nome de Huáscar que, ao contrário de Atahualpa, não se encontrava na corte de Quito, junto ao pai, pero que sim em Cusco nas Alturas.

– E o bebê que foi a primeira escolha de Huayna Capac? – Perguntei, já a confundir um pouco as cousas.

– O Príncipe Ninancuyuchi foi quiçá uma das primeiras vítimas da peste das bexigas. Pois, quando a primeira leva de *chaquis*, mensageiros que percorrem as estradas do Império, chegou à cidade onde o bebê residia com a mãe, a portar a ordem para que ambos comparecessem à presença do Inca, já o encontraram morto, da mesma doença que vindimaria o pai.

– De onde veio, então, o rumor que ora circula por todas as Cabrálias do envenenamento desse príncipe pela grei de Huáscar? – Dom Vasco indagou.

– Como os nobres da corte litorânea que o Inca mantinha em Quito julgassem que o bebê gozava de grã saúde, devido à estranhez de sua morte súbita, ocorreu que alguns conselheiros aventaram a suspeita de envenenamento. Mais tarde, quando a peste se alastrou por todo Tahuantinsuyu e vindimou um quarto das gentes do Império, segundo as estimativas dos sábios *amautas* do Inca, e quando o próprio Huayna Capac tombou contaminado pelo mal, a partir da descrição da moléstia que acometeu o príncipe-bebê, compreendi que ele talvez não houvesse sido envenenado, pois.

– Um quarto do povo do Império Inca – Vaz de Sampaio sacudiu a cabeça, com ar pesaroso. – Bem pior, pois, do que a epidemia que se alastrou em Anáhuac doze anos atrás...

– É vero, senhor Capitão. – O feitor de Chanchão de Adobe lançou um olhar breve, que traía sua agitação. Em seguida, voltou a pasmar a vista em Dom Vasco e indagou – Vossa Excelência acaso já ouviu falar da teórica de um douto de nome Tomé Pires, sobre as epidemias que alastram entre as gentes nascidas em Anáhuac e nas Três Cabrálias?

– Decerto que sim, meu jovem senhor. – Dom Vasco cravou seus olhos nos meus e abriu um sorriso tenso. – E deixe-se de asnadas, pois que Dona Xochiquetzal e seu irmão, o Príncipe Itzcoatl, acá a nosso lado, também dominam o conceito de Tomé Pires, segundo o qual nós, lusos, teríamos trazido de Europa as moléstias que ora assolam o continente cabralino. Eles não se amofinam com essa teórica extravagante, por sabê-la falta de razão.

– Folgo em sabê-lo, Excelência. – João de Barros fez-me uma vênia pronunciada e murmurou – Senhora Dona Xochiquetzal.

– Pois que então, toda a presente tribulação no Império Inca se deve a uma epidemia, e não uma peleja intestina?

– Em absoluto, Excelência. Há de facto severa guerra civil a lavrar no coração do Império. Um conflito que ameaça rasgar Tahuantinsuyu em tiras. – O feitor coçou a cabeça, desanimado. – Antes de morrer, o Inca Huayna Capac devia nomear um sucessor. Apenas um, e não três... A escolha natural seria entre Atahualpa, o favorito do coração de Huayna Capac, e Huáscar, o preferido da nobreza de Cusco, que há tempos julga-se preterida, devido ao talante do soberano em fixar sua corte permanentemente em Quito, bem como por seus planos para tornar essa metrópole nortenha em segunda capital do Império.

– Contudo, Huayna Capac foi vindimado pela peste antes de poder obrar a escolha sã de seu sucessor... – Concluí com um suspiro de tristura.

– De facto, assim se deu, minha senhora.

– Diga-me uma cousa, meu bom João. – Dom Vasco mediu o mancebo de alto a baixo, depois de se ter quedado um bom tempo, absorto com as informações prestadas pelo feitor e embaixador da Coroa. – Seria, por acaso, o Príncipe Atahualpa um seguidor da política de amizade com Portugal, estabelecida por seu pai?

– Atahualpa é um bom amigo da Coroa e dos portugueses, Excelência. Estou certo de que, no que depender desse príncipe, os incas tornar-se-ão vassalos tão leais e preciosos quanto os mexicas. Têm comprado nossos garanhões a cinco arrobas de prata em barras, e nossas éguas baias por meia arroba de ouro em pó...

– Santa Virgem! – Não consegui conter o espanto. – E o que pretende esse príncipe? Malbaratar as riquezas de seu reino?

– Em absoluto, minha senhora. – João de Barros soltou um ligeiro riso de troça e lançou um olhar a meu esposo, como que a pedir mercê e a dizer que mulheres não entendem dessas cousas. – Há tanta prata e tanto ouro nestas plagas, que os incas poderiam trazer todos os cavalos do Reino sem ao menos aventar a idéia de esgotar seus tesouros... Não, minha cara senhora, o que Atahualpa planeja é criar uma força de cavalaria para seus exércitos. Saiba que já possui mais de duzentos ginetes, dos quinze reprodutores e quarenta matrizes que mandou trazer de México e de Portugal.

– Oras, mas como esse Atahualpa pretende tornar essa manada em cavalos de batalha? – Então, de súbito, percebi do que se tratava e concluí com voz bem mais fria do que pretendia. – A não ser que haja cavalariços lusos a ensiná-los...

O feitor baixou o olhar, quiçá a lamentar o cometimento da indiscrição.

Meu marido intrometeu-se na desavença, com o tom bem-humoroso que empregava quando ansiava por me acalmar:

– Oras, minha senhora. Acaso não julgaste que os astecas são os únicos aliados a que fornecemos cavalos, não é mesmo?

– Por decerto que não. – Respondi-lhe, agastada. – Ao que me consta, os maias foram os primeiros a serem aquinhoados desta prodigalidade lusa em especial.

– Pois que então, deixe de ser assomadiça, senhora minha esposa. – Dom Vasco profaçou-me com voz branda. – Não há motivo para que se apoquente. Acredite-me quando afirmo que os incas no Oeste da Cabrália do Sul e os astecas em México estão assaz remotos uns dos outros. A Coroa pretende manter seu apoio, tanto a uns quanto a outros, de modo a ajudar a segurar vossos impérios em boa ordem, enquanto ambos se conservarem leais a El-Rei e seus súbditos.

Lancei um olhar de esguelha a meu irmão Itzcoatl, mais professo do que eu nessas cousas e artes da guerra.

Ele ripostou com mirada fria e impenetrável. Julguei por bem deixar a questão de lado. Ao menos, por ora.

– E quanto aos maias, – meu marido sorriu, divertido, – ao que eu saiba, eles já tornaram a pagar peitas aos tlatoque de Anáhuac.

– Muito que bem. – Respondi-lhe de má vontade.

– E quanto a esse tal Huáscar? – Indagou Vaz de Sampaio, a tentar mudar o curso do colóquio.

João de Barros suspirou aliviado antes de responder:

– Se Huáscar se tornar o novo Inca, é de todo provável que pretenda acabar com o comércio entre Tahuantinsuyu e Portugal. Tentaria pôr cobro à vassalagem que ora nos presta ou, pelo menos, abrandar os termos do juramento empenhado por seu pai.

– Não resta duvidança, pois, quanto à sabença de apoiarmos as forças reunidas à roda do Príncipe Atahualpa. – Dom Vasco decidiu da maneira subitânea que todos esperavam.

– Excelente, meu Dom Vasco. Excelente. – João de Barros bateu palmas. – Abalizo mui sábia a vossa decisão.

– E quanto ao príncipe em si? – Dom Vasco indagou. – Quantos dias ele ainda tardará para vir ter acá conosco?

– A meu conselho, o comandante da guarnição inca em Chanchão despachou chaquis para o norte assim que as velas de vossa Esquadra foram avistadas no horizonte. Por amanhã a esta hora, o Príncipe Atahualpa deverá saber da chegada de vosso auxílio.

– Tão cedo assim? – Surpresei-me com a celeridade desses mensageiros do Inca. – Bem sei da grã direitura das estradas incaicas e ligeireza desses corredores reais, pero que, ainda assim, amanhã? A quantas léguas dista Quito a Fiel de acá?

– Calculo que para mais de cento e cinqüenta léguas, Dona Xochiquetzal. – O tom dessa resposta de João de Barros soou cauteloso demais para o meu gosto. – A distância, porém, não é tão grande quanto parece, pois que as mudas são mui assíduas. A Senhora há de relevar, em casos urgentes como este, os chaquis foram autorizados a montar cavalos.

– Recurso este que os incas ora parecem possuir de sobejo, com a mercê de Vossa Senhoria, aliás.

– Com a mercê d'El-Rei Dom Manuel, minha Senhora Dona Xochiquetzal. – Dom Vasco interveio, ainda a sorrir, assaz divertido com meu mau-humor feminil.

Então, virou-se subitâneo para o feitor e indagou com tenção evidente de mudar o rumo da conversação:

– Quão competente é vosso domínio da fala quíchua, meu jovem amigo? – O tom de voz de meu esposo me soou manso demais para que eu presumisse ser de todo sincero. – Se bem me recordo, Vossa Mercê ainda coxeava deveras quando de nossa última estada por acá em inícios do ano passado.

– Minha fluência nesse idioma melhorou de sobejo neste último ano, Excelência.

– Muito que bem. Considere-se convocado ao serviço de minhas hostes, pois. Servir-nos-á de intérprete.

– Mas... eu, meu Dom Vasco? Ser-me-ia de todo impossível... Há a feitoria acá a cuidar... Para além de meus obrigamentos como ministro d'El-Rei... – O moço letrado engoliu em seco antes de intentar por caminho diverso. – Ademais, o Príncipe Atahualpa fala um português até que bem escorreito. Ele decerto não...

– Meu sábio mancebo, não anseio por ver Vossa Mercê mofino por cousa de somenos. – Dom Vasco desconsiderou os tremores daquele douto feitor com um gesto açodado da mão em cutelo. – Pretendo oferecer meus préstimos e os de meus regimentos lusos e náuatles ao nobre Príncipe Atahualpa. Também ele, por certo, ansiará por contar com os conhecimentos e a vasta erudição de Vossa Mercê junto a ele, quando adentrarmos neste Tahuantinsuyu para dar combate aos inimigos desse príncipe e d'El-Rei.

– Pero, Excelência, eu não tenho preparo nessas cousas afeitas às artes da guerra...

– Pois é chegada a hora de aprender destas cousas, meu insigne mancebo. – Dom Vasco abriu seu sorriso mais inocente, que por experiência eu sabia ser justo o mais cruel e enganador. – Acaso Vossa Mercê não está ainda a escrever aquele já famoso tratado histórico sobre as vitórias e conquistas lusas nestas novas terras d'El-Rei, o tal *Décadas de Cabrálias*?

– Por decerto que ainda estou a escrever tal obra, Senhor Conde da Vidigueira! – O facto de ter cometido a impropriedade de referir-se a meu marido por seu título de somenos, o que alude a seu condado em Portugal, denotava o quão agastado e nervoso sentia-se o feitor.

– Pois que então, meu douto senhor! Conceder-te-ei o privilégio de experimentar na prática e de enxergar com os próprios olhos aquilo que até hoje Vossa Mercê só entreviu dentro de sua imaginação. Essas conquistas dos lusíadas de que Vossa Mercê tanto se jacta... Ora, pois! De ora avante, o mancebo saberá melhor do que está a falar.

Já começávamos a nos despedir de João de Barros e a pensar em nos recolhermos aos aposentos que o feitor mandou aviar para nós, pois que os principais capitães de Dom Vasco não permaneceriam a bordo das naus, pero que no castelo da feitoria, quando um dos moços nativos do feitor entrou a correr no armazém e boquejou algo ao pé do ouvido do nosso hospedador.

Esse deixou o moço na aguarda e se virou para meu esposo, que já se pusera a observá-lo com olhar curioso.

– Meu Dom Vasco, o Grão Chimu de Chanchão roga a mercê de uma audiência com Vossa Excelência.

– O governante local que tem o Inca por suserano? – Indaguei, tão curiosa quanto meu senhor.

– O próprio, Dona Xochiquetzal.

– Oras, o que desejará esse rei-vassalo do Inca tratar conosco? – Dom Vasco tornou a sentar na cadeira estofada que o feitor lhe colocara à disposição. – Diga-me acá, ó mancebo, será acaso prudente receber esse tal chimu sem o concurso de seus suseranos?

– Não creio que a audiência que Vossa Excelência quiçá conceda ao Grão Chimu cause maiores agastamentos aos incas, suseranos dele e nossos vassalos. – João de Barros apressou-se em responder. – Pois que os chimus são uma gente deveras pacífica e o Grão Chimu em particular é um ancião mui afável, de índole judiciosa e grã sagacidade. Já conversei com ele por diversas feitas, tanto durante os festivais locais, quanto em privado.

– Está decidido, pois. – Dom Vasco se ergueu da cadeira. – Peça que o rei chimu compareça acá amanhã, após o pequeno almoço.

– Senhor Almirante, o Grão Chimu já está acá na feitoria. – Ante o ar compungido de Dom Vasco, João de Barros explicou antes mesmo que meu esposo pudesse admoestá-lo. – Ele está a aguardar no pátio da feitoria, mesmo acá fora do armazém.

– Oras, pois. – Dom Vasco tornou a sentar pesado na cadeira. Com voz agastada, falou para o moço que trouxera o recado. – Vá logo, ó menino. Se é que entendes o português, convide o Grão Chimu a entrar, pois.

Como que desejoso de provar que compreendia o vernáculo referido, o moço desapareceu de um salto porta do armazém afora.

– Permaneça acá conosco, Senhor Feitor. – Dom Vasco determinou. – Pois sinto que vossa sabença pode vir a ser de grã precisão nessa audiência.

– Não me passou pela cabeça deixá-lo, Excelência. – Ante nossos olhares inquisitivos, ele esclareceu. – Exceto por umas poucas frases, o Grão Chimu não fala o português.

– Oras. – Dom Vasco virou-se para ele. – E por acaso Vossa Mercê domina a língua desses chimus?

– De forma alguma, Excelência. Pero que todos os chimus de escol e até muitas das gentes comuns articulam um quíchua escorreito.

– Pois. – Meu marido ergueu o olhar e em seguida se levantou para saudar o visitador, cujo séquito já estava a cruzar a porta.

O Grão Chimu entrou no aposento acompanhado por seis pajens armados com maças de madeira cerimoniais. Esses seis jovens de bastos cabelos negros à altura dos ombros portavam colares vistosos feitos de conchas brancas diminutas. Lançavam flores minutas ao chão para que os pés desnudos do ancião não tocassem nas sujidades porventura ali existentes.

Ao reparar que o moço nativo retornara junto com o séquito do Grão Chimu, João de Barros proferiu uma ordem curta em quíchua e o rapaz saiu a correr para o fundo do armazém, de onde voltou pouco tempo depois com uma cadeira estofada, tão requintada quanto aquela que foi oferecida a meu marido.

Sem mores percalços ou cerimónias, o ancião aceitou o convite do feitor e tomou assento na cadeira que lhe foi ofertada. Mal se acomodou e deu início a um discurso num tlahtol que percebi ser o quíchua.

Enquanto ele falava, reparei no colar de grandes conchas encarnadas assaz formosas que ele portava sobre o peito e na tiara que lhe adornava a fronte, feita de uma cousa verde que supus ser um trançado de sargaço seco.

Depois de ouvir o ancião com o cenho franzido de atenção, João de Barros nos traduziu:

– O Grão Chimu, descendente direto dos governantes legítimos deste Chimor, saúda o exaltado navegante Dom Vasco da Gama, comandante de tantas e tão poderosas naus, a quem agradece a mercê desta audiência. – O ancião falou mais duas ou três frases e o feitor as verteu para o português. – O Grão Chimu manda que eu peça grãs desculpas a Vossa Excelência, pelo facto de ele não nos ter prestado menagem por ocasião de vossa estada anterior em Chanchão. Ademais, esclarece que àquela época os incas não o informaram de vossa presença por acá.

– Diga a Vossa Alteza, ou como for o galardão azado para tratá-lo, que folgo imenso e me sinto assaz honrado e mui agradado com vossa presença. Diga outrossim que é sempre um vero deleite para os súbditos d'El-Rei conhecer e prestar nossos respeitos aos insignes vassalos do Único Inca.

O ancião ouviu a versão que o douto João de Barros lhe apresentou. Um sorriso débil brotou de seus lábios murchos. Não sei ao certo que idade o Grão Chimu possuía, pois que se por um lado seus cabelos compridos, conquanto grisalhos, não eram tão alvos quanto os de meu esposo, por outro suas faces abrigavam mais vincos e lhe faltava quase todos os dentes.

De todo modo, o ancião parecia mais idoso do que meu marido. Mais idoso até do que meu pai, Motecuhzoma Xocoyotl.

O Grão Chimu tornou a falar. Quando fez uma pausa, o feitor traduziu:

– Ele nos manda dizer que sua alma está carregada de felicidade, pois que desde os tempos de seu... ahn... bisavô, quando os chimus ainda eram senhores de seus destinos, que um Grão Chimu não se encontrava em pessoa com o comandante de um reino de navegantes dos oceanos profundos.

Dom Vasco me olhou com expressão de quem não estava a entender cousa alguma.

– Diga-me lá, meu nobre mancebo. – Meu esposo se remexeu na cadeira. – Do que é mesmo que esse ancião está a falar? Pois que só chegamos acá há cousa de uns poucos anos. Tens de facto certeza de que me estás a traduzir correctamente o discurso desse chimu?

– Certeza absoluta, Excelência. – João de Barros coçou a cabeça desquietado. – Pois que o quíchua do Grão Chimu me chega claro e escorreito aos ouvidos.

– Pois que então, o que é dessa palra do bisavô desse varão por decerto assaz provecto ter recebido a embaixada de capitães doutras naus por acá? Ao que eu saiba, nós lusos fomos os primeiros a singrar por estes mares das costas do Império Inca.

– Não se exalte, meu senhor. – Apressei-me em acalmar Dom Vasco. – Pela graça da Virgem Maria, Dom João, esclareça logo essa matéria com o Grão Chimu.

João de Barros assentiu. Engoliu em seco, pensou um bocado e então dirigiu ao ancião uma pergunta comprida, que cheguei a julgar sempiterna.

Longe de se fazer de rogado, o Grão Chimu iniciou um discurso de vários minutos, durante o qual Dom Vasco, eu, meu irmão Itzcoatl e o Capitão Vaz de Sampaio permanecemos mergulhados num silêncio ansioso, curiosos que estávamos por saber do teor do esclarecimento que o ancião ora estava a proferir.

Enfim, o Grão Chimu se calou. João de Barros soltou um suspiro profundo. Então começou a esclarecer:

– De acordo com as crônicas orais dos chimus, há cousa de um ou dois séculos, de todo modo, numa época em que este Reino Chimor sequer ouvira falar da existência dos bárbaros montanheses que viriam a se tornar os incas, – neste ponto, ante as sobrancelhas erguidas de meu marido, nosso feitor deu de ombros, como que a indicar que meramente repetia o que ouvira, – costumavam aparecer nas praias deste Reino, frotas de barcos tripulados por umas gentes de tez parda, algo semelhante à tez dos mexicas, segundo o ancião. Essa gente do mar afirmava vir de um arquipélago de ilhas mui remoto, situado na direção do Poente.

– E como eram as naus dessa gente? – Vaz de Sampaio indagou num tom ávido.

– Ele disse que elas eram compridas e muito mais estreitas do que as nossas. Assaz menores do que naus de verdade e seus costados não eram nem de longe tão altos quanto os nossos.

– Esses barcos singravam à vela? – Dom Vasco perguntou.

João de Barros dirigiu a questão ao Grão Chimu. Tão logo esse respondeu duma única frase enfática, o feitor verteu a resposta para o português:

– Eram barcos de uma só vela postada num único mastro. Estou a imaginá-los como algo semelhantes a uma balsa ou jangada.

O Grão Chimu acrescentou algumas falas. João de Barros replicou com uma pergunta. O ancião esclareceu e o feitor enfim traduziu:

– Sua Alteza afirma que esses barcos de antanho também possuíam remos.

– Um zambuco? Uma galeota? – Vaz de Sampaio se perguntou. – Poderiam galeotas ou zambucos vir do Oceano das Índias até acá?

– Deixe-se de asnadas, meu bom Lopo. – Dom Vasco admoestou o capitão. – Por decerto que não se tratavam de zambucos e tampouco galeotas. Pois que já estamos fartos de saber que aquelas gentes das Índias só dominam a navegação junto às próprias costas e praias.

– Pero que é de precisão saber atravessar o sem-fim de mar grosso do Mundo Oceano para chegar até acá vindo de outro sítio qualquer. – Comentei alheada, como se a falar comigo mesma. – Como também se carece saber manejar os instrumentos de navegação e se guiar pelo Sol e pelas estrelas. Ao que saibamos, tão-somente os súbditos do Rei dos Reis dominam essas artes.

– É vero, minha senhora. – Dom Vasco cofiou a barba com ar pensativo. – E jamais houve outro povo que dominasse essas artes antes de nós.

Virei-me para fitar nosso feitor e lhe pedi:

– Pergunte ao Grão Chimu como se vestiam essas gentes do mar.

João de Barros assim o fez. Depois que o ancião lhe respondeu, ele traduziu para nós:

– Esses navegantes arcanos não se trajavam com as vestes que Vossas Senhorias disseram ter visto entre os povos pagãos e infiéis que habitam as praias do Oceano das Índias. – O feitor suspirou com o esmorecimento gravado nas faces. – De acordo com o Grão Chimu, os navegantes mantinham seus troncos desnudos e se vestiam tão-só com um saio preso às ancas.

– Pergunte-lhe o que esses navegantes tanto prezavam acá para vir de tão longe? – Pedi-lhe, assaz curiosa diante de tamanho enigma.

A resposta do ancião não se fez tardar:

– Os navegantes do oceano profundo chegavam até as praias dos chimus em busca de troncos de madeiras que pudessem empregar na construção de barcos e de ferramentas fabricadas em pedra e em cobre. – João de Barros traduziu. – Em troca, traziam conchas.

– Conchas? – Dom Vasco e eu perguntamos a uma só voz.

– Conchas. – O feitor confirmou, a coçar o queixo rapado. – Para os chimus, essas conchas coloridas, mormente conchas grandes e dum encarnado tão vivo quanto essas que compõem o colar desse ancião, valem muitas vezes o seu peso em ouro.

– Oras. – Dom Vasco resmungou.

– Quiçá tal se dê pelo facto de não existissem conchas desse jaez em praia alguma do Tahuantinsuyu. – João de Barros acrescentou, a fitar de olhos brilhantes, ora Dom Vasco, ora a mim.

A audiência se encerrou cousa de uma hora mais tarde, após nosso feitor mandar servir uns refrescos assaz adoçados que o Grão Chimu pareceu apreciar imenso.

Dom Vasco o encarregou de apurar mais a fundo esse mistério da proveniência daqueles navegantes do oceano profundo que quiçá nos tenham antecedido nestas praias.

– Pois que confesso não estar a vos entender direito. – Sentado em seu leito, o insigne João de Barros esfregou novamente os olhos e tornou a fitar primeiro a mim e então Itzcoatl, como se não acreditasse no que via à luz do candeeiro erguido por meu irmão.

– Epidemias nas Cabrálias? Acaso o senhor seu marido está a saber desta vossa acometida noturna? O Senhor *Tlacateccatl* decerto não ignora que é assaz impróprio para a cihuapilli sua irmã ver-me deste jeito, trajado como estou em camisola de dormir.

– Dom Vasco não sabe que viemos ter consigo acá em seus aposentos. – Respondi, impaciente. – Não sabe e não deve saber. Vossa Mercê entendeu?

João de Barros piscou os olhos com ar confuso, pero não respondeu.

Itzcoatl avançou um passo. A plumagem verdosa de sua capa lhe ondulou por sobre os ombros quando ele se colocou face a face com o jovem feitor.

– Acaso Vossa Mercê, douto como é, não entendeu alguma cousa do que minha irmã Dona Xochiquetzal está a perguntar?

Ante o vulto aterrador de meu irmão, João de Barros encolheu-se em seu leito. Tomou fôlego antes de responder:

– Não estou a entender é o motivo desta visitação segredosa. – O luso puxou as cobertas para o regaço, como se a fina lã de alpaca pudesse protegê-lo, caso meu irmão decidisse fazer algo contra si. – Sua Excelência o Almirante e Capitão-Mor afirmou que Vossas Altezas já conheciam a teórica do douto Tomé Pires, a qual propõe que nós lusos teríamos trazido conosco do Reino as moléstias que assolaram há tempos Anáhuac, as Ilhas e a Cabrália do Norte e que ora estão a assolar Tahuantinsuyu e o resto da Cabrália do Sul. Sua Excelência também falou que Vossas Altezas não se perturbavam com essa tal idéia.

Suspirei fundo e orei à Virgem Maria e à Grande Mãe Tlazolteotl.

Adepto da pragmática, Itzcoatl esclareceu em tom severo:

– Nossos suseranos lusos nos levaram a crer que a teórica de Tomé Pires não constituía explanação válida para as sucessivas epidemias que se alastraram por toda Anáhuac e vindimaram milhares de pessoas, tanto dentre os pipiltin quanto dentre o povo em geral.

– Contudo, ao que nos foi dado a perceber ontem, Vossa Mercê parece acatar a teórica do sábio Tomé Pires. – Aproximei-me de João de Barros mais do que o recato das cortes lusa e mexica recomendavam para, no encalço da verdade, fitar-lhe os olhos à luz do candeeiro. – Fale-nos o que veramente pensa, douto feitor. Acaso foram os lusos que trouxeram consigo o mal tamanho que se abateu sobre Anáhuac? A data de epidemias que colheu as vidas de nossos tios e irmãos?

– E a de minha mãe. – Itzcoatl rosnou no tom baixo que eu sabia ser deveras perigoso. – Ainda era um *telpochtli*, um menino, quando nossos suseranos nos levaram à força para Lisboa a Branca. Lá aprendi a ler e escrever o português perfeito, as artes da guerra lusitanas e uma data de outras cousas meritórias. Pero que também vi irmãos, primos e amigos mexicas, acolhuas e tepanecas morrerem como cães, vindimados por moléstias várias que mal algum traziam aos lusos que nos rodeavam nos fortes de Lisboa e nos bancos escolares das *nemachtiloyan* de Coimbra, onde éramos ensinados. Quando enfim pude voltar para Anáhuac, meu caro João de Barros, não sem antes guerrear contra tribos de selvagens em África e nas Ilhas, soube que minha mãe, de quem eu me havia despedido em *telpochtli*, havia morrido há cousa de oito anos.

– Eu sinto muitíssimo, meu príncipe. – João de Barros revirou-se desacoroçoado em seu leito. É provável que outro varão qualquer houvesse sentido temor ante a presença desacostumada de um Águia irado à sua frente. Mormente se o Águia o fitasse com sanha facinorosa, de mão poisada no punho da misericórdia, o punhal de mão esquerda que meu irmão sabia brandir tão destro quanto o melhor espadeiro lusitano. Pero que esse douto mancebo desperto há pouco só parecia abrigar pesar e tristura em seu coração. – Nós não sabíamos... Por favor, perdoem-nos, Altezas. Pero que nós não sabíamos que trazíamos tais moléstias conosco... Não havia como saber.

– Pois que então é verdade? – Itzcoatl cerrou o punho no cabo da misericórdia.

– Eu creio que assim o é, meu príncipe. – João de Barros baixou o olhar para as cobertas amarlotadas em seu colo. – Peço perdão por esse ato de minha gente. Não sabíamos que tais moléstias provocariam efeito tão devastador nas Cabrálias.

– Como é que Vossa Mercês não o sabiam? – Indaguei a um só tempo em que avancei um passo e segurei o braço de meu irmão. – Como nos quer fazer crer que não sabiam dos efeitos dessas doenças?

– É que tais doenças, a peste das bexigas, as febres e as outras moléstias já não provocam efeito tão mortal no Reino ou na

Europa. Algumas dessas doenças hoje não passam de andaços, que só atingem nossas crianças e em geral não as matam.

– Se é destarte como dizes, por que provocaram tamanha mortandade em Anáhuac? – Itzcoatl indagou com voz grave.

– É precisamente essa mortandade demasiada que a teórica de Tomé Pires se propõe esclarecer. Segundo esse douto, os povos das Cabrálias seriam mais passíveis de sofrerem com as doenças que vieram do Reino.

– O senhor meu marido parece pensar que tais afirmações não passam de um punhado de asnadas.

– O facto é que a teórica de Pires não recebeu boa acolhida entre os físicos da Corte. O motivo me parece claro. Se Tomé Pires estiver certo, como penso que está, então, mesmo sem querer, os lusitanos teriam sido os causadores do espalhamento das epidemias. Uma idéia que, acá entre nós, soa assaz perigosa, pois que poderia estremecer os laços de amizade e a aliança estabelecida entre a Coroa e o Reino Culhua-Mexica.

– Estou enfim a compreender o açodamento do Capitão-Mor meu cunhado para que Vossa Mercê mudasse o objeto de vosso discurso por ocasião de nossa primeira visitação ao armazém da fazenda ontem à tarde.

– Pois. O Senhor Almirante Dom Vasco da Gama parece ter se sentido deveras agastado com minha indiscrição em trazer esta matéria das epidemias às falas.

– De que maneira nossos suseranos trouxeram consigo essas doenças do Reino? – Indaguei.

– Isto é cousa que ninguém sabe acá nas Cabrálias ou lá no Reino. Alguns físicos julgam que as pestes advêm das águas e dos mantimentos contaminados. Outros pensam que se trata de um castigo divino. Pero que a verdade é que não o sabemos.

– De facto. As epidemias perderam força depois que os pipiltin mexica e acolhua se sujeitaram à Fé de Cristo. – Itzcoatl cruzou os braços sobre o tórax couraçado. – A idéia do castigo divino deve ser válida, pois.

– Em África somos nós, lusitanos, que nos deparamos com moléstias desconhecidas. – João de Barros ruminou, pensativo, quase como se não estivéssemos presentes às horas mortas em seus aposentos privados. – Doenças que se alastram por nossas hostes e fazem com que nossos soldados e marinheiros tombem às centenas sempre que uma expedição lusíada tenta penetrar nas selvas de África, muito embora os nativos pareçam imunes aos piores efeitos daqueles males.

– Oras, pois. – Tomada pela curiosidade, fitei meu irmão para ver o que lhe passava pela alma.

Itzcoatl se acalmara.

Então, ao contrário do que chegamos a suspeitar, nossos suseranos trouxeram as moléstias para Anáhuac de maneira inadvertida e não de maus propósitos.

Antes assim. Porque destarte não há nada a fazer e ninguém mais carece saber deste facto. Pelo menos, não por agora.

De volta aos meus aposentos, noutro extremo do castelo da feitoria, devidamente acompanhada até a porta por um Itzcoatl desgostoso, verifiquei que minha prima Dona Tonantzin e meus filhos já estavam a dormir. Bons agoiros.

Todavia, eu própria não conseguir pregar o olho, desinquietada que me senti com as revelações de João de Barros.

Pois!

Um quarto de toda a gente do Tahuantinsuyu vindimada do mal das bexigas em cousa dum ano... E quantos outros também não teriam perecido dessa e doutras moléstias em Anáhuac? Pudera que o jovem feitor, sábio e corajoso o bastante para admitir a verdade, parecesse assaz pesaroso!

Seria a opinião desse douto mancebo assim tão confiável? Teria ele razão?

Claro que João de Barros era confiável!

Pois que o moço não era tão-somente o jovem assaz letrado que mostrava ser. Por ocasião de nossa estada anterior em Chanchão de Adobe, Dom Vasco me confidenciou que o mancebo era ele próprio um varão da escola lusitana. Tanto era assim que, ainda menino fora escolhido para pajem da guarda-roupa do Príncipe Dom João, filho d'El-Rei Dom Manuel o Senhor dos Sete Mares e quiçá futuro soberano de Portugal, das Ilhas e das Cabrálias, que incluíam Anáhuac e Tahuantinsuyu.

Contudo, se esse antigo pajem estava certo ou não ao crer nas veras da teórica de Tomé Pires, isto é cousa que eu não podia afirmar, embora meus instintos de cihuapilli, bem como a conduta esquivosa de meu marido, me dissessem que a teórica das epidemias era verdadeira.

Divino Quetzalcoatl! Que grossa mortandade os lusos trouxeram consigo para Anáhuac! Não há em todo o populoso litoral do Lago Texcoco quem se possa jactar de não haver perdido ao menos um parente de sangue para o mal das bexigas ou as febres implacáveis.

Itzcoatl falara de sua mãe... Uma cihuapilli acolhua, filha dileta da antiga nobreza de Texcoco, aquilo que Anáhuac tinha de mais próximo da memória dos venerandos mestres toltecas. A mãe de meu irmão fora neta do próprio Nezahualcoyotl, o grande tlatoani-poeta de Texcoco, para além de esposa principal de Motecuhzoma Xocoyotl e não mera esposa secundária, como minha mãe. No entanto, nem mesmo sua estirpe elevada fora capaz de salvá-la à sanha das moléstias procedente do Reino de Portugal.

Também eu vi diversas de minhas primas e amigas morrerem no mosteiro lusitano para onde fomos levadas de modo a que aprendêssemos as virtudes necessárias ao papel de filhas d'algo lusas.

Era vero. Eu própria adoeci. Minhas irmãs e primas dizem que ardi em febres, embora eu mesma não me alembre, pois que estive fora de mim, tamanha a fraqueza que se me acometeu. Felizmente, com a boa graça da minha deusa padroeira Xochiquetzal, recobrei a saúde. A doença não me causou seqüelas. Outras parentas tiveram menos sorte do que eu. Testemunhei as mortes de um punhado de cihuapipiltin de escol quando de nossa estada em Lisboa a Branca, pero que testemunhei muitas outras cousas também.

Ainda me alembro de como eu tremia na manhã seguinte ao dia de nossa chegada, quando fomos recebidos em audiência na Corte d'El-Rei Dom Manuel, no vasto paço real. Éramos trezentos e muitos pipiltin e as cento e poucas cihuapipiltin ao todo. Fomos recebidos pelo Senhor dos Sete Mares em pessoa. Ali estava eu, uma menina de tez *xocolatl* vestida em alvas sedas, numa sala imensa cujas paredes eram cobertas por tapeçarias de arrás com apologia do Descobrimento do Novo Mundo, ante o monarca que governava todas as praias de África, as três Cabrálias e todas as ilhas do Oceano que diziam ser dele. O soberano que tinha por vassalos os grandes tlatoque de Anáhuac, os reis de África e homens de todas as cores em três continentes. Enfim, embora trajasse uma opa roçagante vermelha de tela de ouro, forrada de ricas martas, com o ceptro na mão, aquele varão senhoril de tez clara, de barba castanha cerrada e cabelos castanhos à altura dos ombros que tínhamos diante de nós em seu alto estrado, sentado em seu trono com dossel de brocado, era apenas isto: um varão. Um homem. Um varão assaz instruído e poderoso, quiçá o mais poderoso que já existiu, pero que ainda assim, tão-somente um homem. Um rei cercado de conselheiros e não apenas de filhos d'algo. Um rei que durante nossa longa estada no mosteiro, ainda que já entrado em anos, ousou tomar por esposa em terceiras núpcias a noiva prometida ao filho varão, o Príncipe Dom João.

Por ocasião daquela primeira audiência, El-Rei nos presenteou a todas com vestidos de cetim da mor grandeza. Nossos pipiltin foram agraciados com ricas espadas e couraças.

Claro que nos anos que se sucederam à conquista de Anáhuac, mesmo que ainda vivessem às margens do Texcoco, os pipiltin mexicas e acolhuas trataram de aprender um mínimo do tlahtol daqueles forasteiros invencíveis que vieram do Leste com seus canhões, seus terçados e seus cavalos. Pero que foi tão-somente no Reino de Portugal que aprendemos a ler e a escrever no tlahtol de nossos suseranos.

Os longos anos que passamos naquele mosteiro, trajadas com longas vestes brancas e pajeadas por uns poucos frades e por montes de freiras sisudas, sempre ansiosas por nos ministrar a palmatória ante a menor asnada ou desmazelo, real ou imaginado.

Ah, os raros passeios pelas ruas de Lisboa, sob pretexto de visitar as igrejas... O casario de paredes caiadas de branco, tão alvas que nos levaram a criar a alcunha Lisboa a Branca, que se espalhou mui ligeira até as margens do Lago Texcoco.

Quão inolvidável não foi aquele passeio heróico pela Rua Nova dos Mercadores, muito mais vasta que as outras ruas de Lisboa, adornada, duma banda e doutra, com belos edifícios. Ali se juntavam todos os dias os *pochteca*, os mercadores, de quase todos os povos e partes do Mundo, com extraordinário concurso de gente, por causa das facilidades que o comércio e o porto ofereciam. Jamais se viu cousa assim, nem mesmo na Grande Praça Sagrada de Tenochilitão. Passada a praça do peixe e o mercado dos padeiros, dos vendedores de hortaliça e de fruta, dos mercadores de pássaros e da praça das vitualhas, ficava situado um edifício mui airoso que os lusos chamavam *Casa de Ceuta*, onde os comissários régios recebiam a vasta data de tributos e riquezas vindas de África. Não longe dessa Casa, num lanço pegado de edifícios, levantava-se um monumento de obra e feição maravilhosas. Ali se tratavam dos negócios de Anáhuac e, por isto lhe davam o nome de *Casa do México*. Contudo, a mim me parece que se devia chamar, com maior verdade, de armazém da prata e do ouro, quer em barra quer em peças trabalhadas. Ouro e prata trazidos dos tesouros dos impérios vassalos de Anáhuac.

Quiçá não haverá em breve também uma Casa das Índias por acolá?

Lisboa a Branca era a cabeça do mor império do Mundo. Era para lá que iam o ouro e a prata de Anáhuac, o açúcar das Ilhas, as especiarias e drogas do Oriente, o pau-brasil e os escravos negros, as porcelanas e sedas de reinos inatingíveis, os animais forâneos e os marfins de África, bem como as obras de bronze da Alemanha, os tecidos italianos, flamengos e ingleses. Ali estava instalada administração do Reino e de Ultramar. Era a partir dali que nossos suseranos lusos governavam o Mundo.

E quanto a nossa visitação à famosa Torre de Belém que se acabara de construir? A visão daquele edifício de pedra alva me comoveu deveras, pois que, embora fosse tão-somente uma torre de tamanho mirrado, mormente se cotejada com nossos teocallis em Tenochilitão ou Texcoco, quiçá fosse tão ou mais importante do que o Hue Teocalli, o Grande Templo que abrigava os santuários dedicados a Huitzilopochtli e Tlaloc, porque era dali que partiam as naus armadas de lusos e canhões para avassalar o Mundo.

Nossa viagem às Cortes de Évora, acompanhadas e protegidas da curiosidade lusa por nossos irmãos e primos mexicas, proporcionou-nos a vera surpresa de nos depararmos àquela cidade com as ruínas de um teocalli de bordos retos erigido em menagem à deusa Diana por artífices de um vasto império há muito desaparecido.

Oh, o Reino de Portugal... Tão pequenino em tamanho, tão rico em recursos, sagacidade e armas.

Foram tempos grandiosos aqueles que eu, meus irmãos, primos e amigos passamos por lá, como reféns que garantiram a lealdade dos tlatoque para com El-Rei. Fomos educados para nos tornarmos filhos d'algo capazes de desempenhar nossos papéis no esforço lusitano de conquistar todas as plagas banhadas pelos Mares e Oceanos do Mundo.

À época de nossa despedida, quando estávamos prestes a embarcar a bordo das naus que nos levariam de volta ao Iucatão, primeiro passo do regresso a Anáhuac, Dom Manuel mandou ler um édito real que declarava sermos todos nós de ora avante lusíadas.

Poucos de nós acreditaram nas palavras afetuosas d'El-Rei.

No entanto, já a bordo das naus, diversos de meus irmãos e primos foram sagrados cavaleiros e capitães dos exércitos de Portugal. Mais tarde, algumas de nós, cihuapipiltin mexicas e acolhuas, fomos galanteadas e desposadas por filhos d'algo lusitanos egrégios das escóis mais elevadas.

Na manhã de nosso quinto dia em terra, o Príncipe Atahualpa chegou de Quito a Fiel com seu séquito e exércitos, de modo a nos encontrar à praça principal, onde se situava o paço de Chanchão.

Chanchão de Adobe era uma metrópole mui diversa das cidades e vilas que os incas edificavam por todo o Império, mormente nas Grãs Serranias, que eram sua terra natal. Embora houvesse a vasta praça a que me referi, construída com padrões de arquitetura incaicos e que incluía um grande teocalli para a adoração do Deus do Sol, Inti, e o paço onde residia o comandante da guarnição inca, à roda desse espaço aberto erguiam-se uma data de conjuntos de muros de adobe bastos e elevados que, de acordo com João de Barros, abrigavam os paços dos nobres chimus. Dessas, a estrutura de longe mais destacada, autêntica cidadela, era a morada do Grão Chimu, o ancião que nos visitara há dias no castelo da feitoria.

A cidadela do Grão Chimu era praticamente inexpugnável, mormente para assaltantes que carecessem de pólvora e canhões. Há cousa de meio século, no intuito de dobrar a resistência do Reino Chimor, os generais do Inca viram-se forçados a ordenar o desvio do curso do rio que bastecia Chanchão. Ainda assim, graças às amplas cisternas das cidadelas, houve água suficiente para resistir por três longos anos, até a capitulação inevitável.

Segundo nosso feitor, as cidadelas chimus eram construídas à maneira dos labirintos. O interior dos muros de uma cidadela abrigava vastas praças, depósitos de mantimentos, cisternas, cercados para os animais, teocallis, paços para a morada dos nobres e casario para as gentes do povo.

Contudo, das cidadelas chimus defronte à praça onde a nobreza inca nos aguardava, só nos foi dado entrever seus muros exteriores, cujas paredes eram adornadas com relevos de motivos marinhos, tais como ondas, peixes, serpes, conchas e barcos. Tais motivos não me causaram espécie alguma após nosso colóquio com o Grão Chimu.

Com cerca de meio feixe de idade, ou seja, cousa de vinte e seis anos, o Príncipe Atahualpa, como todos os nobres de origem incaica, mantinha a cabeleira cortada tão curta quanto a tonsura de um frade luso, embora os cabelos em si sejam negros como os de um mexica. Do alto do meu palanquim, que avançava vagaroso nessa parada de procissão, imaginei o quão trabalhoso não seria cortar os cabelos destarte, em vez de usá-los crescidos, pelo menos à altura dos ombros, como o fazia a grandíssima maioria dos povos de fala *náhuatl*, quase todos os portugueses seculares e também alguns dos povos que residiam dentro do Império Inca. No entanto, ao contrário dos frades que El-Rei mandava para Anáhuac e que cujo engenho doutrinador tantos esforços exigiam para iludir, os incas, como os varões mexicas, possuíam assaz pouca barba.

Pelo facto de serem um povo vindo das terras altas das Grãs Serranias, os incas se vestiam com uma copiosa data de roupas, mantas e panos, costume este em que tinham parecença com nossos suseranos comuns, se bem que as roupas lusas e incas fossem assaz distintas, tanto nas cores e padrões, quanto nos cortes e nos tecidos empregados em seu fabrico. Acá as roupas de mor abastança são feitas de algodão ou de lã, embora até onde eu soubesse, não existissem carneiros no Tahuantinsuyu.

Esse príncipe que ora temos à nossa frente não fugia à regra.

Sobre o tronco e a lhe descer até os joelhos, Atahualpa vestia uma cota feita não de fios de aço trançados, pero que de quadrados de ouro amarrados uns aos outros e que o faziam reluzir sobejamente ao Sol da manhã. Às costas por sobre os ombros e a lhe descer até os calcanhares, o príncipe portava uma capa alva e encarnada que não era feita de penas de pássaros de plumagem colorida, como os mantos reais dos nossos tlatoque, pero que da lã macia que não parecia provir dos carneiros. Seus braços estavam adornados por diversos braceletes de ouro e prata, cravejados de ricas pedrarias. Portava um brinco escomunal na orelha que mantinha voltada para nós. Ausentes de sua capa, as plumas coloridas apareciam em seu capacete baixo e quadrado. Calçava cáligas não de todo distintas daquelas que os nossos pipiltin trajavam nas cortes da Tríplice Aliança. Portava ainda um escudo quadrado de couro na mão esquerda e uma vara comprida à guisa de ceptro na direita.

A tez desse Atahualpa era bem mais clara que a minha, pero que não tão alva quanto a de um luso. Perguntei-me se todos os sul-cabralinos de fala quíchua eram tão claros como ele, visto que os tupis, que juraram lealdade a Dom Pedro Álvares Cabral, possuíam tez quase tão parda quanto à nossa e, segundo ouvira dizer, pareciam referir-se ao Inca pelo epíteto de "Rei Branco".

Comandados por Dom Vasco da Gama, os regimentos lusos e mexicas marcharam em parada ante o escanho erguido na praça principal de Chanchão, onde sentavam-se o Príncipe Atahualpa e todos os generais e nobres incas que o apoiavam. Todos portavam *lhautos*, que são franjas de lã assaz fina atadas em suas testas, para denotar parentesco com o *ayllu* dos Incas de Cusco.

Os capitães portugueses e os *tequiuaque* mexicas chegaram montados em briosos ginetes de peleja, cilhados e ajaezados com os penachos e as cores de suas *altepeme* e brasões. Poucas dessas cavalgaduras foram trazidas em nossas naus desde Santo Antônio de Cuba graças à obstinação de Sua Alteza o Vice-Rei Dom Affonso de Albuquerque. A maioria delas, folgo imenso em contar, fora tomada por empréstimo às largas cavalariças da feitoria de Chanchão. Eis que mexicas estavam a montar cavalos que, não fosse a guerra intestina do Império Inca, seriam destinados aos incas!

Os capitães lusitanos vestiam armaduras e couraças peitorais fulgurantes, rapieiras de aço e punhais de mão esquerda abainhados e escudos presos aos antebraços. Os *tequiuaçue* mexicas, diversos dos quais eram príncipes, meus irmãos e primos, enfeitavam seus animais com penas de águias ou selas cobertas com peles de jaguares, conforme as ordens militares a que pertenciam. Esses príncipes mexicas faziam questão de carregar suas balestras e arcabuzes, bem como suas garruchas com cabos de prata, lado a lado com rapieiras e escudos, forjados em bronze ou ferro, pero trabalhados com motivos culhua-mexicatl e toltecas, além dos antigos *macuahuia* e *yaochimallis* das armarias de antanho.

Nossos pedestres, tanto lusos, mexicas e acolhuas, quanto as hostes alistadas junto aos aragoneses e a nossos decaídos vassalos maias, bem como os bravosos tlaxcalas carregavam indiscriminadamente arcabuzes, escudos, maças, terçados, balestras e alabardas.

As raras juntas de bois que conseguimos coligir em Chanchão puxavam as peças mais pesadas de nossa artilharia, ao passo que as demais eram empurradas por pedestres lusos e mexicas, pois que tão-somente a essas duas classes de súbditos d'El-Rei tal faina poderia ser confiada, embora o grosso dos canhões e bombardas houvesse permanecido a bordo da Esquadra. As peças não disparariam naquela manhã de modo a demonstrar o poder extraordinário dos súbditos d'El-Rei, pois que os incas há muito já conheciam tal poder. No entanto, Dom Vasco confidenciou-me que disparos haveriam de ser cometidos mais tarde de modo a que as hostes do Inca se acostumassem ao troar horríssono dessas bocas-de-fogo, que deveriam escutar amiúde, ao longo das diversas batalhas que por certo sucederiam.

Quando nossos mais de três mil soldados fizeram alto junto ao escanho, Dom Vasco ordenou que os carregadores descessem meu palanquim no piso ladrilhado da praça. Então, apeou e me veio buscar. Caminhamos juntos de braços dados até o escanho, circundados por capitães e *tequiuaque*, que destacaram de seus respectivos pelotões e avançaram para seguir à nossa roda, a modo de escolta real.

Ante o exemplo de Atahualpa, todos os nobres incaicos ergueram-se e se puseram de pé para nos saudar.

– Dom Vasco da Gama, Capitão-Mor do Mundo Oceano, general de terra e mar, nobre embaixador da corte do grão *Capac*, El-Rei Dom Manuel, *Sapa Inca* de Portugal, África, do Império do México e das Três Cabrálias, Senhorio remoto do qual todas as terras de Tahuantinsuyu são airosas vassalas. – Atahualpa elevou a voz clara num português para além de passável. – Em meu nome e no de meu pai, o augusto Sapa Inca Huayna Capac, eu vos saúdo e a nossos fiéis aliados, que ora comandai.

Com sua celada de ferro coado tirada da cabeça e ora segura na mão esquerda, meu marido respondeu à saudação pelo calcar de seu joelho direito no chão da praça e pelo sacar da rapieira e sua apresentação com empunhadura voltada para o príncipe inca, vênia que eu só o vira fazer ante El-Rei Dom Manuel ou o *Huey-Tlatoani* Motecuhzoma Xocoyotl.

O gesto possuía um propósito claro para a nobreza e o povo desse Império vassalo: Dom Vasco da Gama e, por meio dele, El-Rei Dom Manuel reconheciam sem a menor duvidança o Príncipe Atahualpa como Sapa Inca, o governante supremo de todo o Tahuantinsuyu.

O príncipe expôs um sorriso mui agradado, pero que logo tornou-se sério outra vez, como seria próprio, pois havia mister de me saudar.

A demonstrar perfeito conhecimento das regras de mesuras e cortesias da corte lusa, Atahualpa me dirigiu uma reverência pronunciada, pero causou-me espécie quando me cumprimentou:

– Xochiquetzal *Oclho*, imensa honra em vos conhecer, ó *piuihuarmi* do exaltado Dom Vasco da Gama.

Retribuí o cumprimento. Inspirada no exemplo de meu marido, saudei o príncipe como uma cihuapilli da minha estatura, uma princesa de sangue real, o faria ante o próprio venerando arauto.

Porém, tão logo encerrei o cumprimento, voltei-me para João de Barros, que estava pronto a meu lado, e perguntei o que o Inca quisera dizer.

O douto feitor apressou-se em explicar:

– Em quíchua, *Oclho* quer dizer "Dona". Ou seja, o acompanhamento honorífico nativo para as damas de sangue nobre. Portanto, Xochiquetzal *Oclho* é o mesmo que Dona Xochiquetzal.

– E aquela outra expressão, que ele usou quando se referiu à minha pessoa?

– *Piuihuarmi*? Ahn... – João de Barros hesitou um pouco e então, a dar de ombros, acabou por esclarecer. – Esposa principal. Ou seja: "Dona Xochiquetzal, esposa principal de Dom Vasco da Gama".

– Oras... – Lembrei-me de Dona Catarina de Ataíde, a esposa lusitana de Dom Vasco, que ele já não via há mais de oito anos e que, segundo os últimos alvitres chegados do Reino, havia deixado a vila da Vidigueira e se recolhido a um convento, de acordo com os desígnios de meu senhor. Que o Bom Deus e Quetzalcoatl, a Serpe Plumada, a mantenham por acolá. – Pois que começo a apreçar esse príncipe incaico.

Contudo, não tive ocasião para expressar minha simpatia pelo facto do príncipe ter reconhecido meu vero estatuto em sua saudação pública, pois eis que adentraram na praça os pedestres incas e provinciais da grei que apoiava Atahualpa.

Cinqüenta mil guerreiros, em armaria e paramentos completos, comandados pelo afamado General Quizquiz, que fiquei a conhecer em pessoa nessa mesma ocasião. Mal esse grande exército fez alto, com suas hostes a circundar inteiramente os soldados e cavaleiros d'El-Rei, ouvimos o rufar de tambores e as matinadas pungentes de flautas e apitos. Então, oitenta cavaleiros incas adentraram na praça em trote cadenciado, sob ordens do General Chalcochima, tido como o mais experiente *strategos* do Império.

A portar *maxcapaycha*, a faixa imperial, sob o *lhauto* da nobreza, Atahualpa, conforme o acordado, convidou-nos, a Dom Vasco, a mim e a nossos principais capitães lusos e *tequiuaque* mexicas, a subir ao escanho e assumir os assentos que nos haviam sido reservados para, de lá, assistir o festival preparado em nossa menagem.

Pajens infantis, moços e raparigas, serviram-nos taças de *chicha*, uma bebida fermentada, bastante semelhante ao *octli*, embora fabricada não do agave, pero à base dum *tlaoli* escuro, que os incas chamam *kulli*. No que me concernia, julgava ambos, a *chicha* quíchua e o nosso *octli*, assaz débeis e insossos, quando comparados aos vinhos portugueses fortificados que Dom Vasco mandava trazer para mim da Ilha da Madeira, como mimo distinto, para me deixar abrasada, conquanto afirmasse que o fazia para me afortalecer o leite com que nutri nosso primogênito Affonso e que ora nutria nosso pequenino Fernão.

Percebi então que o Príncipe Atahualpa possuía o lobo de uma das orelhas rasgado, facto que, não obstante os cabelos curtos, procurava ocultar com o auxílio da *maxcapaycha* e de seu *lhauto*. Decerto, a rasgadura ocorrera em virtude do peso excessivo ali pendurado.

Pois que, como muitos nobres mexicas, os incas costumam portar brincos pendentes em suas orelhas. Todavia, os pendentes usados pela nobreza incaica são assaz grãos, veros toros de ouro ou prata, não raro com a grossura de um dedo, a largueza do meu pulso e com um peso assaz exagerado, a ponto de lhes deformar as orelhas e a torná-las gigantescas.

Foi só então que compreendi o vero motivo dos lusos se referirem aos nobres desse país pela alcunha de *orelhudos*...

Parte III
O Estilo Lusitano de Guerrear

De como Dom Vasco da Gama julgou por bem ensinar aos vassalos incas d'El-Rei como pelejar a boa Guerra.

DOM VASCO VOLTOU para nossa tenda, após a sessão noturna de confabulações, que costumava manter, após o jantar, com os demais comandantes lusos, mexicas e incas, para deliberar os rumos futuros da campanha militar que ora movíamos contra os exércitos da grei do Príncipe Huáscar.

Pela expressão carrancuda amarrada em seu semblante, atinei que o conclave não decorrera a contento. Sabedora dos humores de meu esposo, pois que ele já estava a caminhar para um lado e outro, sobejamente desagradado, fiz um gesto discreto a Dona Tonantzin, para que levasse nossos filhos para a outra câmara de nossa vasta tenda, levantada com os préstimos das peles e couros com que nossos aliados incaicos nos bastecera m.

– Não adianta! Esses quíchuas se recusam definitivamente a guerrear como se deve! – Dom Vasco explodiu num desabafo feroz, tão logo Affonso e Fernão foram afastados do alcance de seus brados furiosos. Arrancou a celada de ferro à cabeça e a lançou sobre a arca onde eu guardava meus vestidos, o que provocou vero estrugido na tampa da peça, para além de tê-la rachado de cima a baixo. – Estou mais do que farto! Mal logramos conquistar uma vitória magra e esses pulhas já se põem a ansiar por refestelos, festins e bebedices, e destarte acabam por conceder ao inimigo o tempo necessário para reformar suas hostes e recobrar seu vigor.

– Esses homens não estão acostumados a travar guerras no estilo lusitano, meu senhor. – Deixei de lado minha *xicálli* com *xocolatl* e me aproximei de meu marido, para tentar acalmá-lo com um lenço de linho oloroso em sua testa suarenta e um pouco de bom senso de esposa e cihuapilli. – Não devemos culpá-los. Pois que muitos povos do México se comportavam destarte e, segundo o senhor mesmo me contou, também os da Europa ainda hoje assim o são. Os próprios mexicas foram assim, antes de aprender convosco o modo luso de travar guerra.

– Bem o sei, minha querida senhora. Bem o sei. – Uma vez liberto de meu lenço perfumado, Dom Vasco retomou a caminhada para um lado e outro da câmara principal de nossa tenda. A mão direita a descansar dentro do copo da rapieira. – Os capitães dos exércitos de Castela, bem como os do Reino de Aragão, também costumavam proceder de modo frouxo e desazado. Não espanta que a guerra civil que sucedeu à morte da Rainha Isabel tenha persistido por onze anos duradouros e malbaratado tanto os recursos de um reino e doutro. Isto, apesar dos pedestres de ambos os povos constituírem soldados valorosos, desde que devidamente comandados por capitão luso.

– E meu senhor acaso receia que essa mesma desdita, que ocorreu em Espanha, repita-se nessa guerra intestina, que ora lavra Império Inca adentro?

– De facto, minha senhora. É este meu mor receio. Não podemos passar anos a fio a pelejar contra a grei desse império que se mantém leal ao Inca Huáscar. Pelas contas dos conselheiros de Atahualpa, o inimigo dispõe de mais de mais de duzentos mil guerreiros e ainda poderia arregimentar outro tanto, contra os cinqüenta e cinco mil comandados por nosso aliado e mais os três mil soldados da Coroa. Ante tamanha desproporção, era de se supor que devêssemos fazer bom uso dos recursos que possuímos de sobejo: nosso andamento mais lesto, nossas rapieiras, as armas da cavalaria e, mormente, das peças de artilharia que arrancamos às nossas naus.

– Dom Vasco tem razão, como sempre. – Concordei, a falar quase como que para mim mesma. – Em mais de um mês de peleja, mal avançamos cinqüenta léguas rumo a Cusco e, se por um lado não sofremos reveses de monta, decerto também não aquistamos vitória decisiva alguma.

– Claro que não! Sempre que derrotamos o inimigo no agro das armas, eis que as hostes adversárias se arredam como um bando de lebres assustadas. Basta isto para que os guerreiros de Atahualpa façam alto e se recusem a lhes partir no encalço.

– E por que, quando eles fazem alto, os soldados da Coroa não perseguem o inimigo, mesmo sem o apoio dos incas?

– Como apenas oitenta cavaleiros e três mil pedestres? Bem que diversos capitães lusos e também os *tequiuaque* astecas e texcocas me vieram rogar de modo a que eu lhes concedesse a mercê de dar caça ao inimigo em fuga. Pero que, com tão poucos homens em armas, há que se atentar sempre à possibilidade do adversário estar a tramar algum ardil para nos emboscar... Ainda que seja destarte, hoje deixei claro ao conselho de capitães que, ou Quizquiz e Chalcochima concedem em dispor suas hostes ao meu comando, ou, de próxima feita, lusos e astecas continuarão o assalto sozinhos, até passarmos todos os guerreiros inimigos pelo fio da espada!

Xochiyaoyotl. As Guerras Floridas.

Batalhas que os mexicas travavam com outros povos de fala náuatle, antes da chegada dos lusitanos a Anáhuac.

O objeto da xochiyaoyotl não era a conquista de territórios ou o aquirimento de novas peitas e tributos. Tampouco era questão de meramente derrotar os exércitos inimigos em batalha campal. O propósito não era exterminar os guerreiros da outra grei ou forçá-la à recua desonrosa. O fim precípuo da xochiyaoyotl era capturar guerreiros inimigos.

Esses guerreiros deviam ser capturados vivos, pois que seus cadáveres não teriam qualquer serventia ao fim que a guerra florida se propunha.

Havia inclusive duas classes especiais de soldados nos exércitos mexicas: os "amarradores" e os "carregadores", encarregados de conduzir os cativos ilesos até Tenochilitão.

Os prisioneiros eram sacrificados no altar consagrado a Huitzilopochtli, no tope do Hue Teocalli, no coração de nossa metrópole. Era considerado assaz honroso para um guerreiro capturado ter seu peito rasgado e seu coração arrancado em sacrifício ao nosso Deus da Guerra. Portanto, uma vez trazidos para Tenochilitão, nossos cativos não careciam ser vigiados e jamais pensariam em fugir a seu dever sagrado, do mesmo modo que jamais passaria pela cabeça dos mexicas capturados pelo inimigo fugir à obrigação do sacrifício, pois que tal abominação vergonhosa traria desonra não somente ao cometedor, pero que à sua família e ao seu clã.

As xochiyaoyotl eram acordadas de antemão por tratado solene entre os tlatoque das cidades adversárias.

Quando ainda ignorávamos os costumes lusitanos, mesmo nas yaoyotl, nossas guerras comuns, era raro intentarmos a conquista de territórios, a ocupação militar prolongada ou a destruição do reino adversário. O propósito da vitória no agro das armas era tão-somente o cobro de peitas, de modo a enriquecer o tesouro do tlatoani e os mercados das gentes mexicas.

Destarte, o agro das armas, o campo de batalha, era o local onde os pipiltin mexicas buscavam conquistar honra e glória.

Antes do convívio com os portugueses, nossos guerreiros não encaravam as yaoyotl como oportunidade de granjear riquezas pessoais. Nossos tlatoque não travavam yaoyotl com o intento de conquistar novos territórios ou dominar as gentes dos outros reinos, tampouco de tornar essas gentes forâneas em mexicas. Neste ponto, éramos assaz distintos tantos de nossos suseranos lusos quanto dos incas, que anseiam por transformar todas as gentes conquistadas em incas.

Por travar as yaoyotl como as travávamos, não espanta que tenhamos sido derrotados pelas forças lusitanas de Dom Affonso de Albuquerque. Os lusos não buscavam conquistar glória no campo de batalha. Os capitães e soldados portugueses não buscavam honra ou glória nas guerras, pois que para eles só a vitória importava. Pois que só a vitória conduziria à possessão de territórios, ao avassalamento dos povos derrotados e aos ganhos pecuniários advindos dos saques e da dilapidação dos reinos subjugados. Ademais, os soldados dos exércitos lusos obedeciam ordens de batalha expressas por seus capitães durante a refrega, a ponto de combaterem como se fossem um só homem. Pelejavam juntos, atacavam juntos e recuavam juntos de forma mui disciplinada.

Cedo aprendemos da pior maneira, através de derrotas terríveis em grãs batalhas campais: os portugueses são invencíveis. Combatê-los em campo aberto é equivalente a se arriscar não apenas à derrota absoluta, pero que assumir o risco de ver suas forças massacradas até o último guerreiro.

Nossos tlacateccatl e tequiuaque aprenderam com os portugueses, nossos mestres na arte da guerra.

Abandonamos as xochiyaoyotl e as yaoyotl em favor do estilo lusitano de bem guerrear.

Pois, para citar os versos imortais de Nezahualcoyotl:

O verdadeiro artista pinta com seu coração
Trabalha com deleite.
Obra sua arte com calma e sentimento.
Trabalha com a graça e o artifício de um tolteca.
Inventa cousas; obra com habilidade; cria.
Concerta cousas com harmonia.
Ele enfeita e congraça essas cousas.

E os portugueses são os mores artistas, legítimos toltecas da arte da guerra.

Ora, a tibieza e os costumes obtusos da guerra quíchua impediam que os lusos e seus discípulos mexicas travassem guerra à grei do Inca Huáscar, como julgávamos que a boa guerra devia ser travada.

Meu Dom Vasco devia forcejar por convencer os generais do Inca Atahualpa das vantagens da boa guerra ao estilo lusitano. Caso contrário, jamais lograríamos adentrar nas muralhas de Cusco nas Alturas.

Dito e feito.

Uma semana mais tarde, na batalha seguinte, decorrida às margens do Rio Apurimac, o assalto furioso da cavalaria mista de lusíadas e incas obrigou o inimigo a recuar às pressas. Mortos e feridos foram abandonados pelas forças de Huáscar no campo da peleja.

Dom Vasco resolvera atacar justo naquele sítio, pois que ali as águas do rio eram traiçoeiras, de maneira que o inimigo em fuga não poderia vadeá-las e tampouco ousaria cruzá-las a nado.

Ante a recua prevista das forças leais ao Inca Huáscar, os pedestres lusos e mexicas, que compunham o centro do exército aliado, avançaram como o corpo duma gigantesca serpe plumada, a ondear sua tez reluzente, em que escudos, couraças e lâminas faziam as vezes de escamas aguçadas, enquanto que o boqueirão aberto engolia as hostes do inimigo que tentavam escapar de suas presas mortíferas.

De rapieiras e punhais em reste e reluzentes do lustro encarnado do sangue e de arcabuzes fumosos a troar disparos e espalhar o odor da pólvora naquela ribeira, portugueses e mexicas lograram produzir avultada mortandade.

Animadas, as companhias de pedestres incas, que compunham os dois flancos assaz extensos e pronunciados do nosso exército, marcharam no mesmo passo que seus aliados forâneos.

Todavia, tão logo o inimigo desistiu de nos fazer frente, deu as costas às forças aliadas e disparou a correr em carreira descomedida, fez-se ouvir o rufar do tambor de comando do General Chalcochima e os incas da grei de Atahualpa estancaram sem detença o vigor de seu avanço.

Para dita de nossas forças, ao contrário da grei de Atahualpa, o partido do Inca Huáscar não contava com arcos e setas, muito menos balestras, pois que esta última armaria era cousa privada das forças lusíadas, quer portuguesas, quer mexicas.

Naquele instante ponderoso, conforme instrução de meu marido, o Capitão Vaz de Sampaio bradou a pulmões cheios:

– Lusitanos, carga ao inimigo! Não me esmoreçam agora, por Deus e por El-Rei!

De rapieira em reste a fulgurar sob o sol da tarde, o capitão deu o exemplo fustigar seu cavalo e avançar por entre a turba fugitiva, a perfurar troncos, cortar gargantas e desventrar as tripas dos guerreiros inimigos com golpes acutíssimos da rapieira e talhos profundos do punhal. Qual centauro sanhoso, Vaz de Sampaio brandia armas nas duas mãos e só de quando em quando segurava a brida para retomar prumo, pero que logo a soltava outra e outra feita para desferir novos golpes com a misericórdia facinorosa. Bem adestrado, o ginete de batalha que Dom Affonso lhe fizera mercê empinava e acoiceava, de maneira a não se deixar atingir pelas lanças e clavas do adversário. Em breves minutos, já se encontravam, cavaleiro e cavalgadura, ambas partes do centauro infernal, rubras das patas à cabeça, encharcadas no sangue que jorrava dos corpos dos adversários, dos mortos e daqueles que ainda tentavam, em meio aos uivos de pavor e vagidos de agonia, fugir à sanha assassina que o bravoso Vaz de Sampaio conseguira despertar nos pedestres lusos.

Ante o monstro que Vaz de Sampaio se tornara, alembrei que na ocasião em que os mexicas se depararam pela primeira vez com cavaleiros lusos julgaram estar diante de criaturas fabulosas, dotadas de quatro patas, dois braços, duas cabeças e capazes de se derrotar sozinhos todo um pelotão de guerreiros mexicas.

– Ó mexicas, coragem! Avante, sem piedade! Pelo *Tlatoani* e por El-Rei! – O Príncipe Itzcoatl, meu meio-irmão e Capitão-Geral do contingente de fala *náhuatl*, comandou num rosnado semelhante ao do jaguar, não obstante ser doutro jaez a pele plumada que ele trajava por sob a celada e a armadura. A bradar destarte, incitou o ginete por dentre as hostes do inimigo que se esvaía.

Meu irmão foi seguido por seu regimento de pedestres coléricos, pois que nossos conterrâneos só aguardavam aquela ordem de seu *Tlacateccatl* para caírem sobre o inimigo enfraquecido como um enxame de vespas furiosas.

Nossos guerreiros manejavam rapieiras e punhais com destreza quase igual à de seus professores lusitanos. No entanto, muitos ainda preferiam as costumeiras *macuahuia*, pesados machados de guerra cujos bordos foram guarnecidos pela obsidiana cortante nos tempos de antanho e que ora abrigavam pequenas lâminas de aço de mesmo tamanho e feitio que as da época de nossos avós. Os mexicas brandiam tais armas com júbilo inaudito, capazes que eram de estourar crânios de um só golpe ou decepar cabeças e romper espinhas dos inimigos que em vão tentavam se pôr em fuga.

Fora-se o tempo em que os guerreiros mexicas tentavam capturar seus inimigos vivos nos agros das armas, de modo a conduzi-los aos topes de nossos teocallis em feitio de pirâmide, para que seus corações valorosos fossem ofertados a Huitzilopochtli e demais deidades reinantes em Anáhuac. Aprendemos com os lusos. Nossos suseranos tornaram-se invencíveis porque seus exércitos chacinavam os adversários com a eficácia de um raio em céu aberto. Não foi apenas o anseio mexicatl em aprender, pero mormente a paciência lusa em ensinar e a grã pertinácia de Dom Affonso de

Albuquerque, que transformaram as hostes guerreiras da Aliança Culhua-Mexica na força mais poderosa e temida do Vice-Reino e das Três Cabrálias.

Jamais dantes o velho poema de nossos antepassados mostrou-se tão cruelmente verdadeiro quanto às margens do Apurimac, pois que nobres e príncipes orelhudos da grei de Huáscar foram literalmente cortados em pedaços!

Comandada por Francisco da Gama, a cavalaria lusa não tardou a se juntar à refrega. Os cavaleiros ladearam a turba fugitiva, até sobrepujá-la e cortar sua vanguarda, de modo a lhe barrar a retirada.

Munidos de terçados, essas lâminas pesadas que eram mais próprias para decepar do que perfurar, os cavaleiros lusos galoparam por dentre as hostes que corriam em pânico. Mutilaram e retalharam cabeças e membros à medida que avançavam contra os adversários. Empurraram os fugitivos amedrontados, como a um rebanho de reses, de volta à matança que os pedestres lhes ofereciam.

A princípio inermes ante tamanha carnificina provocada pelos soldados da Coroa, os guerreiros de Atahualpa se assanharam pouco a pouco com a matinada, os gritos e o cheiro de sangue. Daí, mesmo a contrariar a ordem que os mandara fazer alto, marcharam de armas em reste, decididos a tomar papel naquela trama de morticínio.

Ante o facto consumado e quiçá por temor de passar vergonha ante os forasteiros, os generais de Atahualpa enfim ordenaram que o tambor voltasse a soar o rufo de atacar.

Em menos de uma hora, a batalha estava finda. Afora alguns fugitivos isolados e uns raros punhados de cativos, os quarenta e poucos mil homens daquele exército de Huáscar foram inteiramente massacrados.

O próprio Comandante Guanca Auqui, parente de ambos os aspirantes ao posto de Único Inca, caíra prisioneiro e fora trazido até o morro ao centro da campanha dos aliados de onde Dom Vasco e eu havíamos assistido a mortandade. O orelhudo nos chegou à ponta de terçado e bastante ferido à campanha dos aliados, acompanhado por forte destacamento mexicatl, comandado por meu irmão Itzcoatl.

A Batalha do Apurimac representou uma guinada subitânea no curso daquela guerra.

Ao tomar ciência do que as greis ainda fiéis a Huáscar divulgaram o massacre através de chaquis que correram Império adentro, sob a alcunha desazada de *Apurimac Ñak'ana Wanhuchiy*, ou seja, em português castiço, "Chacina Apurimac", Atahualpa largou de Quito a Fiel rumo a nossa campanha, não em seu *ushnu*, seu palanquim imperial, pero no cavalo mais leste que pôde montar, pois que a celeridade lhe aprazia. Portanto, o aspirante à estatura de Sapa Inca do nosso agrado e seu séquito chegaram uns poucos dias após aquela primeira batalha decisiva.

Dom Vasco fez questão de recebê-lo em nossa tenda, antes mesmo do conclave formal no conselho de capitães. O Inca se fez acompanhar dos generais Chalcochima e Quizquiz, bem como de seu primo e conselheiro, o Orelhudo Cuxi Yupanque. Meu esposo mandou convocar tão-somente seu primogênito, Francisco da Gama, o Capitão Vaz de Sampaio, o Conselheiro João de Barros e meu irmão, o *Tlacateccatl* Itzcoatl.

O colóquio decorreu em português, visto que, com exceção do feitor letrado, ninguém do nosso grupo dominava senão umas poucas frases do quíchua e tampouco os incas articulavam o *náhuatl*.

Coração ensopado do veneno segregado pelas intrigas dos orelhudos das cortes de Quito a Fiel e Cusco nas Alturas, o Príncipe Atahualpa parecia desagradado com a grã vitória. Ademais, mostrou sinais de que não se deixaria aplacar de bom grado.

–... É vero, Dom Vasco, de facto pedi o auxílio dos guerreiros d'El-Rei Dom Manuel para me ajudar a retomar o que é de meu direito, conforme o desejo de meu augusto pai. – De todos nós, Atahualpa era o único que permanecia de pé, hirto diante da mesa, com o tamborete de couro afastado de suas costas, pero que com um criado quíchua a postos para lhe estender de pronto tal assento, como rezavam os costumes mexicatl, para o caso do príncipe fazer menção de se sentar de súbito. – Mas o que Vossa Excelência esteve a comandar não foi uma batalha, pero uma chacina! Meus *amautas* estimam que mais de cinqüenta mil vidas se perderam acá nas margens do Apurimac e isto numa única tarde de peleja!

– Acaso Vossa Majestade teria preferido que deixássemos o inimigo derrotado nos escapar outra e outra vez, qual água a escorrer por entre nossos dedos, tão-só de modo a que nos pudessem voltar a fazer guerra amanhã ou depois?

Dom Vasco fizera a pergunta de sua cadeira de espalda alta e braços robustos, esculpida dum só tronco negro e maciço do jacarandá nativo da Cabrália do Sul.

Ante o tom melífluo dessa pergunta, os dois capitães lusos soabriram sorrisos divertidos. Já o douto João de Barros engoliu em seco e arregalou os olhos, quiçá a entrever não ser aquela a hora mais oportuna para troças ou zombarias. Com discrição digna de um tolteca, meu irmão riu apenas com os olhos, pois que se manteve de semblante sereno, como a gravidade da ocasião assim o exigia. Prestou-me uma vênia de concórdia quase imperceptível.

Já os três orelhudos que assistiam ao príncipe mantiveram-se calados e de olhares baixos.

Meu marido suspirou, tomou mais um sorvo do seu tinto e, ante o silêncio contrariado de Atahualpa, continuou sua prosa *inocente*:

– Por Inti, meu Inca! Não é decerto vosso anseio, tampouco o era o de vosso finado pai, que essa guerra fraternal permaneça a rasgar e consumir Tahuantinsuyu por anos e anos a fio. Pois que então? A arte da guerra lusitana vos oferece a vitória lesta e pouco custosa, Majestade.

– Se eu ansiasse tão-somente por chacinar as gentes das Quatro Direções, não teria precisão da ajuda dos capitães d'El-Rei. Ou Vossa Excelência acaso duvida que meus generais seriam capazes de conquistar em meu nome as vitórias que necessito, mesmo sem o auxílio dos portugueses?

– Oras, pois que vejam só... – A indignação de Lopo Vaz de Sampaio foi esganada de nascença, tanto pelo olhar de severa repreensão lançado por Dom Vasco, quanto pelo vero torno da mão firme de Itzcoatl a lhe comprimir o ombro, não sem certa violência.

Como se nada demais houvesse ocorrido, Dom Vasco respondeu à provocação do Inca com brandura semelhante à que costumava empregar em seus chistes com nosso filho Affonso:

– Ainda que vossos generais vos trouxessem as vitórias que ansiais, quantos anos julgais que levaria para vós tornardes a reinar em Cusco? E como estaria vosso Império quando tal facto por fim se desse?

– Pouco me importa quanto tempo decorra! O que eu desejo é que...

– Pois a mim importa, e muito! – Dom Vasco alevantou-se e ergueu a voz num brado. Quando dei por mim, sua mão direita já repousava no punho de ouro maciço da rapieira.

Tesos e belicosos, três varões lusíadas e outros três orelhudos saltaram igualmente de seus assentos.

Num tom mais descansado, meu marido acrescentou a sorrir:

– E também importa a El-Rei. Não é do desejo de Sua Majestade Dom Manuel, o Senhor dos Sete Mares, que o Império outrora governado por seu fidelíssimo amigo e vassalo Huayna Capac se desfaça, vindimado por uma horrenda guerra intestina.

– Mas, meu Senhor Almirante, – o príncipe encarou Dom Vasco em desafio, – foste tu mesmo quem trouxeste o horror ao coração de meu reino!

Diante de tamanha afronta, Lopo fez menção de sacar da rapieira, pero foi contido sem detença por Francisco e Itzcoatl, que se mantinham um a cada lado do capitão.

Ante o risco de ameaça a seu soberano, Chalcochima iniciou o gesto de sacar do sabre de aço que lhe fora ofertado por Francisco da Gama. Mais atinado, Quizquiz deteve o braço do outro orelhudo, embora mantivesse, ele próprio, a outra mão pousada sobre o punho de sua maça de bronze.

Naquela hora fatídica, foi o débil João de Barros quem salvou a situação:

– Senhores! Excelências, Altezas e Majestade, por favor! – Ante o inusitado do apelo do feitor, todos os olhares se voltaram para sua figura ainda sentada. Trépido de alívio, João tomou fôlego e continuou – Somos todos como irmãos, acá. Amigos, filhos d'algo e súbditos leais d'El-Rei. Além disso, estamos todos instilados do mesmo propósito sagrado, que não é outro senão o de restaurar a *maxcapaycha* do Príncipe Atahualpa. Todos juramos fazer dele o único e inconteste soberano deste império, o *Sapa Inca* de Tahuantinsuyu.

As palavras veementes daquele douto mancebo deitaram raízes nos corações dos presentes.

Só depois de um instante, compreendi que ele se referira à faixa imperial usada pelo Inca em seu sentido figurado; como vero símbolo da realeza, como o são a coroa de Dom Manuel ou o manto de penas azuis-turquesas de meu pai, o Huey-Tlatoani.

Dom Vasco suspirou fundo, assentiu seu reconhecimento ao conselheiro e tornou a sentar-se. Após certa irresolução, os outros varões o acompanharam nesse gesto. E desta feita até mesmo Atahualpa o fez.

Com os ânimos mais serenados, meu esposo falou:

– Meu jovem conselheiro está a sobejar de razão. – Ao se sentar, Dom Vasco afastara a mão do punho da rapieira e ora procurava outra vez a taça do tinto das quintas da região do Rio Douro. – Era do desejo de Huayna Capac, ao qual dou testemunho, que Vossa Alteza se tornasse o *Sapa Inca* após o passamento dele. Outrossim, é do interesse de Portugal e de Tahuantinsuyu, que tal sucessão se conclua o mais breve possível. Creia-me, Majestade, uns poucos milhares de guerreiros exterminados numa tarde de peleja não são quase nada, quando comparados aos milhões que tombariam na miséria, de fome e de frio, caso essa guerra intestina persistisse por vários anos. Pois que já assistimos a uma tal história dantes em Espanha, um reino vizinho ao de Portugal.

– De facto, meu Dom Vasco. É provável que Vossa Excelência esteja correcto. Ocorre, no entanto, que ainda não estou seguro de que...

– Não se inquiete, Majestade. – Dom Vasco cortou-o num tom imperioso pero mui paternal. – É pelo justo facto de conhecermos tudo o que há para conhecer dessas cousas da guerra, que nós lusos decerto sabemos o que é melhor para assegurar o fado deste vosso grão Império. Rogo-lhe como amigo e, sobretudo, como embaixador e Capitão-Mor de vosso suserano: deixai essas decisões a nosso cargo. Pois que obramos tão-somente em prol do que cabe à Vossa Majestade e a El-Rei.

Aquele argumento encerrou a querela da chacina.

Parte IV
Pelo Huey-Tlatoani e por El-Rei

De como os lusíadas de Dom Vasco da Gama transpuseram as Grãs Serranias de modo a travar as batalhas finais contra os exércitos do Inca Huáscar e de como puseram termo à Guerra Intestina do Império Inca.

Mal Dom Vasco saiu naquela manhã, a caminhar a passos largos para a tenda do General Quizquiz, na outra banda da campanha das forças aliadas alevantada às margens do Apurimac, decerto para deliberar sobre o curso futuro da guerra contra os exércitos do Inca Huáscar, meu irmão Itzcoatl cruzou a entrada de nossa tenda acompanhado pelo Orelhudo Cuxi Yupanque.

– Muitos bons dias, Dona Xochiquetzal. – Em prol do conselheiro do Inca, ele me saudou em português. – Como tem passado, minha irmã dileta?

– Muitíssimo bem, meu irmão Itzcoatl. Mormente agora, que vos tenho acá. – Prestei-lhe a vênia recomendada pelo cerimonial das cortes da Tríplice Aliança de Tenochilitão, Texcoco e Tlacopão. – Meu Senhor Dom Vasco acabou de sair rumo à tenda do General Quizquiz.

– Sabemos disso. – Meu irmão exibiu um sorriso austero. – É justo por causa da ausência de Nosso Senhor Dom Vasco que ora lhe viemos ver acá.

– Oras, pois. Que matéria podem ter a tratar acá em nossa tenda na falta do senhor meu esposo?

– O Inca Atahualpa me convidou para um colóquio em sua tenda. Embora ignore o teor do que se irá tratar, suspeito que terei precisão de vosso espírito sagaz, bem como de vosso testemunho isento, na palra que deveremos travar com o Sapa Inca.

– Senhora Dona Xochiquetzal, – algo acanhado, o Orelhudo afagou o nariz tão grande e curvado quanto o de um maia. – Meu soberano deseja o conselho de vosso irmão e, se possível, também o vosso.

– O Inca deseja que o aconselhemos? – Mordi o lábio inferior no esforço de reprimir o sorriso. – O que o Filho de Inti anseia por saber de nós?

– Vossas Altezas ouvireis a questão dos lábios do próprio Sapa Inca. – Cuxi Yupanque expressou-se num português bastante passável. – Ele ficará mui agradado se vós puderdes ter com ele o mais lesto possível.

– Muito que bem. – Troquei um olhar brevíssimo de concórdia com meu irmão. – Conceda-me uns poucos momentos para que eu me arrume a contento e irei convosco.

– Oras, minha irmã, já estás formosa que baste. – Itzcoatl esboçou um gesto de assenso. – Pero que rogo-te que não te demores em demasia.

– Um instante só. – Falei, já a me dirigir para o aposento doutra banda da tenda, que eu e Dona Tonantzin usávamos como vestiaria.

A tenda do Inca Atahualpa mais parecia o paço de um filho d'algo abastoso, tão grã e airosa que era. Jamais estivera ali dantes, pois que não era de se esperar que uma cihuapilli de estirpe insigne visitasse os alojamentos privados de um monarca forâneo, por mais suntuosos que fossem.

A tenda escomunal alevantada à guisa de paço imperial fora armada num terreiro em meio a um pomar copioso em árvores carregadas de frutos de olor apetitoso que não há no Reino, em Anáhuac ou noutro qualquer sítio das Cabrálias. A armação estupenda se alevantava por sobre oito balaústres de um pau escuro, inserido cada um deles em quatro troços de prata a modo de cordões de frades, mais grossos que um braço. Dentro dessa tenda estava uma tribuna rasa a modo de altar, guarnecida toda em roda de folhagem de ouro mui fino, com um guarda-pó por cima a modo de sobrecéu com perfeição tolteca, marchetado de muitas estrelas de prata, e com o Sol e a Lua, e algumas nuvens, umas brancas e outras da cor daquelas que aparecem quando chove, todas feitas de esmalte, com tanto artifício e tanto ao natural que quase se enganavam os olhos com ela, por parecer que traziam água, e tudo o mais muito perfeito, tanto na proporção como na pintura.

Logo à entrada da tenda estavam quatro moços muito gentis-homens e ricamente vestidos, que com seus incensários a rodeavam por fora de dois em dois, os quais ao som de certas pancadas que se davam em um badalo, prostravam-se em terra e se incensavam uns aos outros, sem parar de entoar alto uma ladainha que Cuxi Yupanque assim traduziu:

"– Chegue a ti nosso brado assim como esse cheiro suave, para que nos ouças."

Em guarda desta tenda estavam quarenta alabardeiros que afastados um pouco dela, cercavam-na toda em roda, os quais estavam vestidos de couro verde escudado, com suas celadas ricas em plumagens e bem lavradas nas cabeças, o que tudo junto era um espetáculo assaz formoso e de grande majestade.

Passado o alpendre, adentramos para o interior da tenda e fomos dar num aposento assaz vasto em que havia três casas mui ricas e bem concertadas, nas quais estava muita gente nobre, tanto incas orelhudos como estrangeiros que supus serem gentes vassalas doutras plagas e comarcas do Império. Dali passamos para mais adiante, sempre a seguir o Orelhudo Cuxi Yupanque e os quatro moços, até chegarmos à porta de uma grande sala térrea, fabricada ao modo de um teocalli inca, na qual estavam dois porteiros assaz potentes, armados com maças de bronze, que com nova cerimônia de saudações e cumprimentos que tiveram com Cuxi Yupanque, meteram-nos os três dentro, sem darem entrada a outra nenhuma pessoa.

Nesta sala estava o Inca Atahualpa acompanhado de treze orelhudos.

O aspirante ao posto de Sapa Inca alevantou do trono recoberto com folhas de ouro para nos saudar:

– Bem-vindos sede vós, Príncipe-Comandante Itzcoatl e Senhora Dona Xochiquetzal, filhos diletos do Sapa Inca de Anáhuac. Que o calor benfazejo de Inti acalente vossa presença em minha humilde morada. Que a luz generosa de Inti ilumine vosso caminho de ora avante.

– Muitíssimos bons dias, Vossa Majestade. – Meu irmão prestou a vênia pronunciada regular, pois que o Inca estava diante de sua corte, conquanto em escala reduzida. – Vosso conselheiro e primo, o excelso Cuxi Yupanque nos convocou até acá em vossa graça a modo que possamos auxiliá-lo com nossos préstimos.

– Sou-vos assaz grato pela presteza de vossa vinda. – Atahualpa bateu palmas duas vezes. Onze dos treze orelhudos então presentes prestaram vênias profundas e deixaram o aposento de olhar baixo, pois que ao que parecia, a ninguém era apropriado fitar o Inca direto na face. – Pronto. Agora, neste grupo reduzido, podemos falar com franqueza, como falam dois irmãos, filhos do mesmo pai e da mesma mãe, pois que pretendo abrir meu coração a Vossas Altezas e vos pedir graves conselhos, não na qualidade de Sapa Inca, pero que de amigo para amigo e, sobretudo, de um vassalo insigne d'El-Rei para outro.

– Falai, meu Inca. – Itzcoatl respondeu com os olhos brilhantes. – Pois que eu e minha irmã somos todos ouvidos.

– É como vassalo leal d'El-Rei que sempre o fui, com fidelidade há muito reconhecida e exaltada, e mormente como vero amigo dos mexicas que tenho aprendido a ser que vos farei algumas perguntas.

– Perguntai, Sapa Inca de Tahuantinsuyu. – Respondi, curiosa e impaciente. – E vos responderemos com a verdade, se tal nos for de todo possível, ou então nos calaremos. Se acaso tal se der, decerto terá sido por ignorância ou por causa de nossa fidelidade ao Huey-Tlatoani nosso pai e a El-Rei.

– Muito bem dito, Senhora Dona Xochiquetzal. – Atahualpa me prestou uma vênia ligeira. – Vejo que meu professor, o douto amauta João de Barros, tinha mesmo razão ao afirmar que Vossa Alteza possuía o espírito arguto de um monarca mui sábio.

– Oras, Majestade. Sou tão-somente uma gentil-dona lusíada.

– Pois que de facto o é. – O Inca avançou dois passos, até se colocar diante de nós. – No entanto, pelo que entendo, vós sois de facto lusíadas, pero que não lusitanos.

– É vero. – Itzcoatl reconheceu.

– E vossos guerreiros magníficos, cujo denodo cantado pelo Mundo afora já se faz conhecido até acá em Tahuantinsuyu, bateram-se contra os pedestres lusitanos há cousa de quinze anos e foram derrotados.

– Não nos batemos tão-somente contra os pedestres lusos, Majestade, pero contra a cavalaria, as rapieiras, arcabuzes, balestras e os canhões de Dom Affonso de Albuquerque, o maior comandante que este Mundo já viu nascer, desde os tempos remotos de Alexandre o Grande, reputado como o general mais brilhante que jamais existiu. – Itzcoatl assentiu com semblante impenetrável. – Contudo, o Sapa Inca está certo em essência: nós fomos derrotados.

– E por que tal derrota se deu, meu amigo?

– Poderia vos afirmar que a vitória das hostes lusas decorreram da presença de cavalos e canhões. – Itzcoatl respondeu. – E tal seria a mais pura expressão da verdade.

– Pero que não exprimiria a verdade por inteiro. – Atalhei a exposição de meu irmão.

– De facto. Não o exprimiria. – Itzcoatl me lançou um olhar de advertência. Acaso pensava que eu seria tão parva a ponto de revelar algum segredo de armas que porventura ignorava? Pero que ele retornou à exposição. – Outrossim, vos poderia afirmar que a vitória lusa deve ser atribuída ao bom emprego das rapieiras e punhais do bom aço de Coimbra, bem como dos temíveis arcabuzes e das balestras. Pero que antes que Dona Xochiquetzal nos interrompa doutra vez, acrescento-vos que tal não é a verdade inteira. Outra banda da verdade é que nossas setas, lanças e macuahuia pareciam tão-só capazes de ferir os pedestres e cavaleiros lusos, pero que não matá-los, exceto numas poucas ocasiões azadas, pois que nossos então inimigos já trajavam àquela época as couraças peitorais e as celadas para lhes proteger as cabeças que Vossa Majestade ora está a pensar adotar para os pelotões de escol do exército deste vosso Grão Império.

– Foram as couraças, pois? – Os olhos de Atahualpa brilharam de alegria. – As couraças e as celadas é que tornam os lusos invencíveis?

– Eu poderia concordar convosco, Majestade, sem que tal concórdia me fizesse falto para com a verdade. – Itzcoatl alevantou a mão para interromper a fala que já ia prestes a me sair dos lábios abertos. – Ou poderia até mesmo atribuir as vitórias lusitanas às epidemias que se alastraram entre as gentes de Anáhuac por ocasião do avanço luso, ou atribuir essas mesmas vitórias às alianças que Dom Affonso logrou estabelecer mui sagazmente com os reinos das Terras Baixas que nos eram vassalos, ou ainda, ao facto de não termos conseguido distinguir a princípio os forasteiros de tez pálida das divindades de antanho que nossas tolas superstições afirmavam estarem prestes a retornar do Grande Mar.

Itzcoatl fez uma pausa, de modo a sondar minha fisionomia impaciente e os semblantes curiosos de Atahualpa, Cuxi Yupanque e doutros dois orelhudos.

Então, tomou fôlego e prosseguiu:

– Todas essoutras causas são veras e válidas para explicar as vitórias lusas sobre as imensas hostes aliadas de Anáhuac. Quiçá expliquem essas vitórias, pero que tão-só em parte.

– Vós estais a falar por enigmas, meu amigo nortenho. – Atahualpa exibiu um sorriso estreito, desprovido de alegria. – Peço-vos que sejais sinceros, pois que tenho precisão de entender o que ocorreu com os mexicas para entrever o porvir. O futuro que pode ocorrer acá no Tahuantinsuyu.

– Se acaso pareço falar por enigmas, meu Inca, tal decorre do facto de que esse esclarecimento que ora me pedis ser assaz dificultoso, sobretudo por sermos obrigados a nos comunicar em português.

– Linguagem mui imprecisa, eu concordo. – Cuxi Yupanque se manifestava pela primeira vez desde que entráramos nessa tenda.

– Quiçá devêssemos convocar a presença de João de Barros. O douto feitor decerto seria capaz de desfazer as dúvidas e imprecisões de nossas falas.

– Isto é que não, minha cara Dona Xochiquetzal. – Atahualpa fez um gesto impetuoso com a mão espalmada a modo de cutelo. – Pois que intento deixar nossos suseranos lusos de fora desta nossa conversação. Até mesmo o amauta luso por quem tamanha estima nutro e pelo qual me sinto tão agradado.

– Oras, pero que eu sou esposa de um insigne filho d'algo e fui educada numa calmecaque, uma escola situada num mosteiro em Lisboa a Branca.

– Bem o sei, minha boa senhora. Também eu tenho um filho, ainda criança de colo, que me foi levado de acá de modo a receber a melhor ensinança da parte dos grãos amautas de Lisboa, bem como dezenas de irmãos e primos que nos foram arrancados de acá para o Reino de Portugal, onde serão discípulos dos grandes, pero que também serão reféns.

– Assim o é, meu Inca. – Itzcoatl concordou com voz grave. – Também eu fui levado de Anáhuac para o Reino, acolá da outra banda daquele vasto Oceano d'El-Rei. Muitíssimo aprendi nas calmecaque e estâncias de Lisboa a Branca, pero que é vero que eu e meus irmãos fomos todos reféns.

– Pois que então Vossas Altezas compreendem de sobejo do que estou a falar. Do que nós estamos a tratar acá.

– Compreendemos. – Itzcoatl e eu respondemos duma só voz.

– Não é em absoluto minha tenção trair a confiança que os embaixadores d'El-Rei Dom Manuel o Senhor dos Sete Mares depositaram na palavra de meu pai, o augusto Sapa Inca Huayna Capac.

– Por certo que não, Majestade. – Meu irmão assentiu com um sorriso enigmático. – Pois que falarei o que penso. Creio que as vitórias dos portugueses em Anáhuac decorreram de todas aqueloutras causas a que nos referimos há pouco. Pero que também decorreram mormente da maneira, do estilo lusitano de pelejar, de guerrear não só pela honra, pero que também e sobretudo para aquistar vantagens militares avultadas. Por agirem destarte, os soldados lusos são mais disciplinados e firmes de propósito do que quaisquer outros guerreiros desde os tempos dos romanos, povo antigo mui belígero que já governou quase toda a Europa por uma data de séculos. Esses varões que hoje se batem pela restauração de vossa maxcapaycha, quer sejam lusos de escol, lusíadas mexicas como nós ou mercenários tlaxcalas, maias ou aragoneses, têm na guerra seu único e derradeiro labor, pois que pelejar é só o que fazem desde moços e é só o que sabem fazer. É tal devotamento, aliado ao estilo lusitano de pelejar a boa guerra, que torna os lusos invencíveis.

– Será mesmo possível?

– Vossa Majestade ouviu as narrações de vossos generais e por certo confirmará a verdade do que ora vos falo nas próximas batalhas que iremos travar contra as greis de vosso irmão, o Usurpador Huáscar.

Atahualpa permaneceu alguns minutos calado, decerto a remoer os novos factos que lhe expusemos. Ao fim, deixou escapar um suspiro profundo de desânimo.

– Qual seria o caminho que Vossas Altezas aconselham como o de melhor juízo para os incas trilharem? – Cuxi Yupanque indagou num português pausado, como se estivesse a entrever o porvir do Império.

– Oras, Senhor Conselheiro. – Não resisti em abrir meus lábios num sorriso de troça. – Vós já se revelastes mais judiciosos do que nós. Primeiro, ao não tomarem os lusos por deidades e depois por não tentarem lhes obstar os propósitos com uma guerra que decerto se mostraria mui nociva para vosso Grão Império.

– O que minha irmã Dona Xochiquetzal está a tentar insinuar é que os portugueses são demasiado fortes e sábios por demais para que os mexicas ou os incas de hoje os possam combater. – Itzcoatl sorriu, como que a entrever um porvir distinto do presente. – Pero que nossos suseranos são professores excelentes e assaz generosos, ao seu próprio modo. Nossa sugestão, portanto, é que façam como os mexicas e seus aliados em Anáhuac. Aprendam com os portugueses, adotem não só o estilo português de guerrear, como o modo lusitano de pensar e obrar.

– Pero que, se acaso procedermos destarte, não conduziremos Tahuantinsuyu pela estrada da perdição? – O mais idoso dos conselheiros expressava duvidança no gesto nervoso de girar para um lado e outro o brinco imenso de ouro maciço. – Não estaremos tão-somente a tornar nosso Império noutro Reino de Portugal?

– O segredo, meus caros, é se assenhorear dessa tal mudança que o estilo e o modo portugueses obrarão em vossos espíritos. – Meu irmão esclareceu. – Adotem tão-somente as melhores dádivas de que são pródigos nossos suseranos, pero que lutem para preservar vossos valores intocados lá no fundo de vossas almas, tal como os ensinamentos de vossos antepassados. Deixai que os padres lusos, os sacerdotes da Igreja de Roma, que deverão penetrar em breve no coração de vosso Império, falem aos seus bel-prazeres, que preguem em vossas querências, pois que pode até ser que saia alguma cousa de útil dos lábios deles, pero que vos aconselho acima de tudo que vos mantende firmes nas crenças de vossos avós, porque são elas que fazem de vós o que sois. Sigam por esse caminho, ao menos enquanto estiverem a aprender a ser mais lusos do que os próprios lusos.

– Começo a abarcar a vera e grã sapiência dessa conduta mexica. – Atahualpa apoiou a mão no queixo de um jeito tão lusitano que cheguei até a imaginar que ele cofiaria a barba, caso a tivesse. – Muito que bem. Uma vez finda esta guerra terrível, obrarei para seguir vosso conselho ditoso.

– Ademais, Vossa Majestade há que ponderar que a corte de El-Rei Dom Manuel situa-se assaz remota deste vosso Tahuantinsuyu. – Sorri outra vez. – Doutra banda do Mundo, eu me atreveria a dizer.

– É vero, sábia Senhora Dona Xochiquetzal. – Atahualpa respondeu ao meu sorriso com uma risada curta. – Percebo que nós, incas e mexicas, começamos a nos entender.

– É facto. – Respondi.

– Pois. – Itzcoatl concordou.

O grosso de nosso exército seguiu rumo a Cusco através do tortuoso vale do Apurimac.

Não fosse os gasalhos de lã grossa e macia, tosquiada desses animais semelhantes a carneiros de pescoços compridos que os incas chamavam *alpacas*, e teríamos sofrido deveras com o frio intenso das Grãs Serranias, essa cadeia de montanhas grandiosa que, de acordo com João de Barros, cortava a Cabrália do Sul de cima a baixo, desde as costas do Mar das Antilhas ao Norte, até o Sul mais extremo, quase que junto ao Estreito de Magalhães. Os nativos, tanto incas quanto gentes das nações vassalas do Império, referem-se às Grãs Serranias como *Anti*, que significa "da cor do cobre" em quíchua e noutros falares locais. Daí, aliás, veio o nome do quartel Leste do Império Inca: Antisuyu.

As plagas que circundam Cusco são mui alterosas, até mesmo pelos padrões sobranceiros dos mexicas. Nosso douto feitor estimou que o vale que abriga a capital de Tahuantinsuyu está quiçá situado num alteamento vez e meia mais elevado que o de Anáhuac; crença donde eu depositaria mui grã duvidança, não fossem precisas tantas e tão espessas cobertas de lã para aquecer meus filhos durante aquelas noites regélidas que passamos no fundo da tenda que nossos soldados nos armavam no centro de nossa campanha.

Ó saudades de meus tonéis de vinho Malvasia! Pois que tão-somente essa bebida que ora já não dispunha poderia placar esse frio abominoso que parecia penetrar em nossas carnes até atingir os ossos. Dom Vasco já comandou a vinda de nova partida de tonéis das naus fundeadas na enseada de Chanchão. Pero que o Mundo Oceano distava muito distante no Oeste e os cavalos mais lestos ainda levarão alguns dias para retornar à campanha com esse mimo precioso que o senhor meu marido me fará mercê.

Não obstante esse frio tamanho, ao longo de nosso avanço, os regimentos ainda leais ao Inca Huáscar vez por outra nos tentaram oferecer resistência.

Tudo em vão.

As cavalarias incaica e lusitana foram sempre precursoras em nossa marcha serrania acima. Como tais, descobriram e instruíram sobre as posições das hostes inimigas. Destarte, possibilitaram a Dom Vasco escolher sempre os sítios mais efectivos para dar combate aos exércitos adversários.

Após meu esposo ter persuadido a grei de Atahualpa quanto a sapiência de se adotar o estilo lusitano de guerrear, a superioridade em números do inimigo deixou de constituir percalço de monta. Os orelhudos que comandavam as forças de Huáscar ressumavam sem ânimo nos campos da peleja; qual chusma de velhos cegos, que tentavam em vão atingir com seus bordões um espadeiro assaz hábil e valente, que brandia, implacável, um terçado afiado e mortal.

Mortandades fabulosas foram obradas no Apurimac, depois que Atahualpa assentiu à maneira lusitana de obrar a boa guerra. O Tahuantinsuyu estremeceu de pavor ante os milhares de cadáveres insepultos abandonados às margens das estradas bem cuidadas que trepavam as serranias.

O vale encheu-se de corpos apodrecidos, para sanha e regozijo daqueles avultados abutres que os quíchuas chamavam *cúntores*.

Claro estava que o inimigo ia a esvair suas forças e seu sangue nas pontas aguçadas de nossas rapieiras e nas lâminas talhantes de nossas *macuahuia*. Espantoso que ainda houvesse guerreiros para que Huáscar mandasse aos campos de matança. Outrossim espantoso era que, sabedores do fado que as batalhas contra os lusíadas lhes reservavam, os guerreiros de Huáscar ainda tivessem ânimo e coragem para marcharem contra nós.

Houve uma noite estrelada de lua nova em que nossas forças conseguiram sitiar à socapa a principal campanha inimiga, armada no fundo do vale estreito e profundo dum arroio que desembocava no Apurimac, sem que os atalaias que guardavam o repouso do adversário dessem pelo facto.

Não obstante meu apelo de contrário, instigado pela sugestão maligna de Itzcoatl, Dom Vasco ordenou que as peças de artilharia poisadas em segredo nas vertentes da angustura despejassem ferro e fogo sobre as tendas desamparadas da campanha.

– Se não tens tenção de observar estoutra matança, senhora minha esposa, rogo-te que te deixes escoltar de regresso à nossa tenda. – Dom Vasco me rosnou entredentes. – Pois que acá a peleja se dará conforme meu vero desejo de tudo destruir.

Pero que me vi incapaz de retornar, pois que uma parte de mim parecia de facto se comprazer em assistir tamanha carnificina. Destarte, permaneci junto de meu marido no alto do morro de onde ele comandava o assalto.

Antes houvesse me recolhido, pois que nunca dantes se divisou chacina tão tenebrosa!

As bombardas urravam noite adentro ao vomitar seus pelouros de rocha e granito vertente abaixo, de modo a abrir rombos na débil paliçada erguida pelo adversário. Mais arrojados, os canhões atiravam bolas de ferro mui pesadas sob estrondos medonhos. Posto a rubro sob chama de tochas, antes de ser disparado, o balame era lançado dos canos alongados, em cataratas de línguas ferventes de fumo e fogo, que se abatiam sobre as alvas tendas dos guerreiros adormecidos de Huáscar, veras estrelas descaídas, prodígios prenhes de destruição.

Os gritos de pânico e agonia se ergueram em meio ao negrume da noite fria e estrelada doutras constelações daquela *puna* serrana. Aturdidos, por certo a se julgarem presas dum pesadelo infernal, os guerreiros inimigos berravam e corriam dum lado para outro, sem compreender em absoluto que portento demoníaco despenhava-se sobre suas cabeças. Muitos quedavam-se inermes, transidos de pavor, entre as tendas derribadas, ensangüentados e desvalidos, como que a aguardar sua sorte inevitável. Outros, mais avisados, corriam para fora da campanha alumiada pelo fogo dos canhões e pelos incêndios que lastravam nas tendas: tentavam escalar os paredões íngremes daquela angustura estreita ou se embrenhar na segurança relativa da escuridão. Pero que não havia espaço para onde fugir. Houve até aqueloutros que, em desespero, atiraram-se às águas revoltas e frígidas do arroio que escoava no Apurimac. Não creio que muitos dos que escolheram tal rota de fuga tenham logrado escapar.

As mais de uma centena de peças vomitaram ferro em brasa e morte flamante sobre a campanha durante boa parte da madrugada, até que os espias de visão mais aguçada já não conseguiam entrever uma única tenda de pé por entre labaredas e destroços. Destaques das cavalarias foram colocados em sítios azados, de maneira a impedir que, uma vez batidos e dispersos, os inimigos se tentassem escafeder dos limites da angustura.

Logo depois da alva, regimentos frescos de pedestres, comandados por Itzcoatl, Quizquiz e Vaz de Sampaio, desceram até o vale para dar cabo dos sobreviventes do maior de todos os *nak'ana wanhuchiy*. Todavia, dessa feita, os milhares que se renderam tiveram as vidas poupadas e foram tomados como prisioneiros aos soldados das forças leais ao Inca Atahualpa.

Todos os guerreiros sequazes da causa do Inca Huáscar que haviam sobrevivido à batalha foram entregues sãos e salvos, pois. Exceto por uns poucos dos mais bravosos, conduzidos com grã discrição por guerreiros mexicas para detrás de uma colina próxima, de pronto declarada interdita por meu marido a todos os lusos e a nossos aliados quíchuas.

Destarte, tive fé em que Huitzilopochtli se tenha regozijado com a oferenda singela de meus irmãos e primos. Ademais, nosso Deus da Guerra devia se sentir assaz satisfeito com as ações que os lusíadas andavam a praticar Tahuantinsuyu adentro.

Ainda assim, após manipularem seus *quipus* com destreza insigne, os *amautas* do príncipe boquejaram a João de Barros que mais de vinte mil vidas se haviam perdido dentro dos paredões rocazes daquela angustura naqueloutra noite de pesadelo e na manhã que se lhe sucedeu.

Uma semana mais tarde, num sítio cousa de cinco léguas a Sudoeste de Cusco nas Alturas, deparamo-nos com um exército desmesurado, cujo efetivo os amautas de Atahualpa estimaram em mais de cento e vinte mil guerreiros. Segundo meu irmão Itzcoatl, esse era o último e mais poderoso contingente que Huáscar conseguiria formar contra nós.

De facto. Aquela força que o Inca de Cusco arremessou contra nós era o que os orelhudos cusquenhos julgavam possuir de melhor. O escol de suas hostes guerreiras, composto por seus capitães e soldados mais bravos e experimentados, reunido com o propósito de defender a bela metrópole que os incas chamavam de *Embigo do Mundo*.

Por tudo isto, não me surpresei ao divisar do tope duma colina próxima que as primeiras linhas daquela formação de guerreiros valorosos permaneciam impassíveis sob o estrondo monstruoso e a ameaça infernal dos canhões. Não vacilaram. Sequer quando o ferro brasador e assoviante mergulhou em suas fileiras ordenadas, a rasgar claros profundos em suas fileiras. Espirrados com o sangue, lascas de osso, pedaços de carne e as tripas dos companheiros destroçados, os guerreiros cusquenhos tornavam a cerrar corpos e a ocupar esses claros com novos guerreiros, que avançavam das linhas da retaguarda.

Dom Vasco já antecipara essa postura galharda.

Com um breve gesto de assenso a Francisco da Gama e Chalcochima, determinou que as duas forças eqüestres fustigassem os flancos do exército inimigo. Ao mesmo tempo, ordenou que os pedestres lusitanos e mexicas marchassem contra o centro dos defensores.

Disciplinados, os soldados da Coroa fizeram alto a trinta passos do inimigo. Cravaram os forcados no solo macio, miraram seus arcabuzes contra a primeira linha e abriram fogo. O mais daqueles incas de Huáscar jamais havia posto os olhos numa arma de fogo. Muito menos, sentido a ação mortífera provocada pelos disparos desses engenhos atrozes na própria carne. Façanhoso, portanto, que se tenham mantido firmes sob os tiros mortais, mesmo quando centenas de companheiros, quiçá milhares, tombavam sem vida a seu lado.

Os pedestres dessa primeira linha de arcabuzeiros puseram-se de joelhos a um só tempo, de modo a recarregar suas armas com presteza, enquanto a segunda linha disparava por sobre suas cabeças e então, os pedestres dessoutra linha, por sua vez, também se quedaram de joelhos como um único homem, para recarregar e ceder espaço aos tiros da terceira linha.

Quando a sexta linha enfim disparou sua salva, eis que a linha de vante estava outra vez com os arcabuzes sobre seus forcados, prontos para atirar de novo, numa vera exibição da maestria da arte militar portuguesa.

Bem que os valorosos peões cusquenhos tentaram avançar duma e doutra feita, pero que foram sempre tolhidos pelos disparos facinorosos de centenas de arcabuzes e dezenas de canhões. Arrasados por terra, sem que nada ou muito pouco tenham podido obstar.

Então, veio a ordem mui aguardada e os soldados puseram os arcabuzes de lado e sacaram das rapieiras e dos punhais de mão esquerda, as temidas misericórdias.

Aí, sim, a carnificina impessoal tornou-se em atracamento, à medida que as duas hostes adversárias se engasgalhavam em amplexo mortal. Dessa feita, as jubilosas hostes incas de Quizquiz reuniram-se sem detença à peleja iniciada por seus aliados lusos e mexicas.

Enquanto a refrega tamanha lavrava por todo o campo da peleja, conforme os pedestres da Coroa penetravam mais e mais fundo no centro das fileiras do inimigo e os defensores começavam enfim a mostrar sinais de fraquejar, a cavalaria de Francisco da Gama rasgou o flanco do exército cusquenho, rumo ao coração da retaguarda inimiga.

De modo a cumprir o desígnio mais secreto de seu pai e senhor, o comandante da cavalaria portuguesa liderou um avanço lesto e audaz, rumo ao desmesurado e vistoso *ushnu* que abrigava o Inca Huáscar.

Num golpe de bravura que costeou as raias do desvario, eis que com imensas dificuldades Francisco da Gama e seus cavaleiros conseguiram abarcar-se do *ushnu* imperial. Tão logo aquistou domínio absoluto do ushnu, o primogênito de meu esposo saltou para dentro desse último e frouxo baluarte de Huáscar. Poucos instantes mais tarde, ele emergiu de lá por dentre o rico cortinado do ushnu, a arrastar consigo o Inca debaixo de valentes pescoçadas.

Sob ponta de terçado, ante milhares de quíchuas atônitos, os lusitanos conseguiram amarrar um Huáscar desfalecido sobre o lombo do baio dum cavaleiro inca morto há pouco.

Três quartos de hora mais tarde, Dom Vasco enfim tinha um pretendente ao trono de Huayna Capac lançado inerme a seus pés. De mãos atadas às costas, os olhos roxos e o rosto inchado dos veementes bofetões que andara a levar dos cavaleiros, Huáscar não fez, em absoluto, figura estupenda junto a meu senhor.

Com o aprisionamento do Inca Huáscar, seus guerreiros perderam o ânimo como que pela quebra dum encanto. O espírito de luta que os instigara até então abandonou-os por completo. De olhar baixo, os principais orelhudos do exército que defendia o Embigo do Mundo vieram depor suas armas um a um aos pés de Quizquiz e Dom Vasco.

O aprisionamento de Huáscar encerrou a guerra intestina que lavrou no Império Inca de mil quinhentos e vinte e cinco do Nascimento do Nosso Senhor Jesus Cristo, ano *chicome calli*, ou 7-casa, pela cronologia de meu povo, até o ano seguinte, *chicuey tochtli*, ou 8-coelho.

Parte V
De Incas e Astecas

De como os lusíadas de Dom Vasco da Gama foram enfim recebidos em triunfo na cidade de Cusco nas Alturas.

CUSCO NAS ALTURAS é uma metrópole mui formosa, com seus teocallis e muralhas de pedras cortadas em linhas mui retas e precisas, suas ruas estreitas como as de Lisboa a Branca, contudo, assaz mais bem calçadas e mui limpas, pois que durante nossa estada a cidade esteve em festa, a recender a flores, incensos, madeiras perfumadas e a bolos de *tlaoli*, pois que ali ainda não havia cavalos e tampouco mulas em abundância de modo a sujar essas mesmas ruas.

Os incas afirmavam que Cusco foi alevantada no feitio de um *puma*, que é o animal feroz algo semelhante a um *ocelotl* ou jaguar de pêlo pardo, sem quaisquer pintas ou manchas, que em Anáhuac chamamos *miztli*. Cuxi Yupanque mostrou-nos um mapa da cidade e devo confessar que de facto julguei haver certa parecença com a fera. A cabeça do *puma*, por assim dizer, era Sacsahuaman, fortificação escomunal e de todo inexpugnável, alevantada num monte situado próximo à banda Norte da metrópole. Os muros dessa fortaleza haviam sido erguidos com pedregões imensos só a muito custo arrastados para o local ou ali cortados.

No coração de Cusco assentava-se uma praça central, a Haucaypata, onde os incas obravam a maioria das cerimônias religiosas que deviam ocorrer na capital. O sítio mais sagrado dessa Haucaypata era o *usno*, espécie de altar elevado de cantaria recoberto por folhas de ouro. Havia uma passagem a modo de furo nesse *usno*, pela qual os sacerdotes incas derramavam o sangue dos animais sacrificados e a chicha sagrada. Desse furo no usno, o sangue e a chicha eram conduzidos por meio de calhas e canos subterrâneos, a modo de veias, até os solos consagrados sobre os quais foi erguido o Coricancha.

Antes chamado Inti Cancha, ou seja Teocalli do Deus do Sol, esse edifício sagrado teve seu nome mudado por um insigne Sapa Inca de antanho. Coricancha significava Teocalli de Ouro, pois que seus muros, paredes e seu telhado são quase que inteiramente revestidos por copiosas folhas desse metal precioso. Em lugar algum de Cusco ou do Império havia pedras de cantaria cortadas em feitios tão perfeitos quanto aquelas que formavam os muros do Coricancha. À roda desse teocalli os incas plantaram um basto jardim com flores de diversos jaezes, feitios e cores. Por ocasião de nossa estada em Cusco, o Coricancha já abrigava santuários e altares em menagem da maioria dos deuses locais e de outros povos do Império, pero que Inti recebia devotação especial, pois que os incas alegavam que o Deus do Sol era a mais poderosa de todas quantas divindades.

Ao lado da Haucaypata, os arquitetos incas ergueram um edifício assaz suntuoso, o Acllawasi, que Cuxi Yupanque esclareceu significar "Casa das Virgens do Sol". O Acllawasi abrigava as filhas d'algo incas e forâneas que, à semelhança das freiras de Portugal, viviam recolhidas e dedicavam suas vidas a Deus. No caso, a Inti.

Também ao lado do Haucaypata e do Acllawasi assentava-se o Amaru Cancha, um sítio aberto, pero cercado com sebe de taipa, onde os incas guardavam os animais trazidos dos mais diversos cantos do Império. Durante nossa visitação a esse Amaru Cancha, deparei-me com jaguares, pumas, águias e imensa data de pássaros de plumagem colorida, que Cuxi Yupanque esclareceu serem procedentes das bastas florestas existentes na região nortenha do quartel de Chinchasuyu que se despenhava a Leste das Grãs Serranias. Presente durante essa visitação, João de Barros referiu-se a tal espaço para a guarda de animais pelo nome de "jardim zoológico". De todo modo, as feras e os animais expostos nos cercados do Amaru Cancha são mais vistosos e em mor data do que os albergados no bosque do Morro Chapultepec, espaço estabelecido na vizinhança de Tenochilitão para a guarda de animais forâneos.

O facto era que, à ocasião ponderosa de nossa estada por lá, o Embigo do Mundo oferecia-se com seus teocallis e ruas enfeitadas de flores e estandartes para a sagração do novo Sapa Inca.

A cerimônia de sagração em si revelou-se assaz bela, conquanto breve e singela pelos padrões mexicatl e teve lugar no Coricancha. À semelhança da Praça Sagrada de Tenochilitão, esse teocalli egrégio dos incas congregava o culto de uma multidão de divindades. Ao contrário daquele imenso espaço aberto que se abrigava no coração de Tenochilitão, o Coricancha consistia dum único edifício e, ainda assim, um edifício bem menor que nosso Hue Teocalli.

Em mote desmesurado, nosso feitor João de Barros insistiu sobremaneira em se referir a esse Coricancha como "o vero Vaticano dos incas". Era de mister, portanto, levar esse douto mancebo para uma longa estada em Anáhuac, que ele só conhecia da leitura das crônicas de Sandro Nunes da Silveira, frade que acompanhou a expedição de avassalamento comandada por Dom Affonso de Albuquerque. João de Barros deveria visitar mormente à Praça Sagrada e ao Hue Teocalli de minha amada Tenochilitão.

Sem duvidança, o aspecto mais espantoso da cerimônia de sagração do Sapa Inca Atahualpa foi a parada dos corpos defuntos e embalsados dos antigos soberanos de Tahuantinsuyu. Assaz sensíveis a tais questões finadas, quiçá por causa da fé sincera professada em Cristo, nossos suseranos lusos palidejaram ante tal espetáculo, que decerto julgaram tenebroso. Percebi quando o próprio Dom Vasco se viu forçado a cerrar as maxilas, de modo a não se quedar boquiaberto, ante o pasmo e a aflição que o dominaram, quando se deparou com o defunto de seu bom amigo Huayna Capac, em perfeito estado de conservação, a avançar em seu *ushnu* ornamentado, a vestir finos trajes, pendentes, braceletes e penachos coloridos.

Como os demais mexicas presentes, senti-me confusa, pero não apavorada com tal parada de múmias, cada uma das quais em seu próprio *ushnu* e tão ricamente paramentada quando a de nosso saudoso Huayna Capac. Decerto que ignorávamos que os incas embalsamavam seus soberanos mortos. Tampouco sabíamos que os expunham nas cerimônias de sagração, pois que João de Barros já nos havia afirmado que, à semelhança dos lusos, os incas costumavam sepultar seus mortos e não queimá-los como o fazemos em Anáhuac. Nosso embaixador aclarou mais tarde que apenas os monarcas tinham seus corpos mumificados.

Outra questão esclarecida pelo douto feitor foi que o equivalente incaico do nosso Conselho dos Águias ficara deveras enfraquecido, com seus números assaz reduzidos, em virtude da epidemia, da guerra e das execuções promovidas por Atahualpa, após ter julgado e condenado os parentes e orelhudos que apoiaram o meio-irmão Huáscar. Por tal motivo, o ato de aprovar a escolha do novo soberano não passou de gesto simbólico, obrado com o único propósito de respeitar os ritos incaicos.

Quanto ao fado de Huáscar, o usurpador foi esganado em praça pública.

Tal execução à frente dos súbditos causou-nos imenso constrangimento, tão grande para nós mexicas quanto o foi a parada de múmias para os lusos, pois que tanto nós quanto nossos suseranos temos por hábito executar nossos nobres de escol em privado, quer sejam esses *pipiltin* ou filhos d'algo. Apenas as gentes comuns, desprovidas que são de fidalguia legítima, costumavam ser vindimadas de público, para goivo dos súbditos da Coroa de Portugal e das metrópoles da Tríplice Aliança.

Com sua índole despiedosa, Itzcoatl não só aprovou a idéia da execução pública de malfeitores de sangue nobre, como até comentou a meu marido a conjectura de propor a nosso pai a introdução do costume em Anáhuac.

Animado diante da perspectiva da imolação de Huáscar, meu irmão aventou a idéia de erguer uma pirâmide para, em seu tope, forçar o usurpador derrotado a prestar sua última menagem a Inti, no melhor estilo dos povos de fala *náhuatl*.

Tanto o Orelhudo Cuxi Yupanque, quanto o General Chalcochima mostraram larga exaltação por introduzir a nova prática religiosa nos ritos do Império. Já Dom Vasco e os demais capitães portugueses revelaram-se avessos à inovação.

Após consultar os remanentes do quinhão da nobreza inca que se haviam mostrado fiéis durante a guerra, o Sapa Inca Atahualpa afirmou, de modo assaz hábil e político, que ao menos por ora, talvez não fosse de bom alvitre adotar essa prática religiosa específica de seus aliados mexicas em plagas de Tahuantinsuyu.

Houve, todavia, uma prática *náhuatl* que os incas de facto adotaram com exultação: o *tlachtli*, desporto que os lusos denominam "jogo da péla".

A primeira quadra de Cusco foi construída junto à praça-forte de Sacsahuaman, na banda Norte da cidade. Meus irmãos afirmaram que, embora naturalmente ainda mal instruídos na rude arte do *tlachtli*, os súbditos do Sapa Inca já começavam a mostrar maior pendor para o desporto do que nossos maljeitosos suseranos lusos. Com forte contingente mexicatl, a turma *náhuatl* disputou uma peleja contra um quadro de orelhudos incas e quíchuas, como parte das comemorações pela sagração da *maxcapaycha* de Atahualpa.

Quatro semanas após a sagração, quando nossas forças já estavam prestes a descer de Cusco nas Alturas, para retornar à planície praiana de Chanchão de Adobe e à Esquadra, em atendimento aos pedidos contumazes e cada vez mais e obstinados dos saudosos capitães lusos, os mais dos quais deixara a bordo das naus suas esposas e mancebas de pele *xocolatl* e fala *náhuatl*, eis que nos veio ao alvitre o achegamento de uma vasta hoste vinda do Sul, divisada quando já bordejavam as margens do Lago Titicaca. Repetidos pelo último chaqui da fileira de corrida, os informes dos espias do Inca afirmavam que tal exército era constituído por milhares de bárbaros de pele escura e fala estranha, comandados por um gigante louro trajado em pesada couraça peitoral, semelhante a de um capitão português ou *tequiua* mexicatl.

Precursores mandados a cavalo pelo Sapa Inca, para investigar a aparição insólita, retornaram com alvitres sossegadores: era a vanguarda da expedição enviada pelo Governador-Geral da Cabrália do Sul, comandada por seu próprio primogênito, Luís Álvares Cabral que chegava enfim ao Tahuantinsuyu, de modo a oferecer seu auxílio tardio ao Sapa Inca. Segundo ouvi dizer à boca miúda quando de nossa estada no Rio de Janeiro, em virtude de sua estatura avantajada, esse brioso capitão era cognominado o Gigante da Guanabara.

Não obstante a birra de Dom Vasco, não me ocupei com a ordenação do refestelo para comemorar a chegada da hoste de Luís Cabral. Tampouco obrei o aviamento das vitualhas e fardagens necessárias à viagem de regresso a Chanchão.

De contrário, juntei-me a meu irmão Itzcoatl no duro propósito de convencer Dom Vasco a nos conceder uma grã mercê. Pois que não pretendia em absoluto partir de Cusco nas Alturas enquanto meu senhor não acolhesse nosso apelo.

O facto era que Itzcoatl engenhou e eu aprovei a idéia de fundar empórios mexicatl em Chanchão, em Quito a Fiel e mesmo junto à nova corte do Sapa Inca, em Cusco. Após consulta preambular, Atahualpa e seu conselho de orelhudos aprovaram nosso intento, com a condição de que, em contrapartida, os lusos levassem embaixadores e mercadores incas até as cortes de Tenochilitão, Texcoco e Tlacopão, de modo a que se estabelecessem feitorias incaicas por acolá.

O convívio durante a guerra em que pelejamos de braços dados ensinou a mexicas e incas que os dois povos possuíam diversos interesses em comum. Atahualpa e diversos de seus orelhudos tornaram-se amantes do *xocolatl*. Daí, uma vez findo o conflito, ansiavam por trazer o pó moído das sementes de *kakáwa* para Tahuantinsuyu. Outrossim, os incas mostravam-se igualmente dispostos a experimentar as delícias do *xitomatl* e, em definitivo, queriam mais da nossa *octli*; bebida à qual passaram a se referir como "*chicha* de agave".

Já Itzcoatl sonhava em introduzir em Anáhuac esses carneiros pescoçudos, as tais *lhamas* e *alpacas*, cujos pelos lanudos meu irmão não se cansava de louvar. Foi o amigo Vaz de Sampaio quem lhe soprou a idéia de que esses animais deveriam se adaptar bem às plagas alterosas do Reino Culhua-Mexica, assaz semelhantes às regiões grãs serranas do Tahuantinsuyu. Expus minhas objeções a Itzcoatl, aflita pela sorte dos pobres animais, ao que meu irmão argumentou que era bem sabido por todos que os portugueses são mestres em adaptar plantas e animais em terras onde as criaturas não medravam de antemão. Não estavam as margens do Lago Texcoco atufadas de barrões e cabras trazidos do Reino? Acaso não criávamos ginetes soberbos em Anáhuac e os próprios incas já não começavam a fazê-lo em Tahuantinsuyu? Pois que então. Segundo Itzcoatl, era chegada a hora dos mexicas obrarem suas tentativas neste sentido.

Dom Vasco ainda se mostrava tíbio e suspeitoso quanto ao teor de nosso pleito.

Afirmava não estar seguro quanto à prudência de conceder que os dois reinos vassalos comerciassem direto um com o outro, sem a participação dos suseranos.

– Oras, senhor meu marido! – Repliquei tal afirmação com meu melhor olhar comprido e amuado de filha d'algo amimada. – Em quais naus, senão as portuguesas, viajariam os *pochteca* mexicas para Tahuantinsuyu e os incas para Anáhuac? Acaso não percebes que o arbítrio desse comércio proveitoso entre esses dois avultados impérios vassalos d'El-Rei ainda estariam nas mãos dos capitães de confiança de Sua Majestade?

– Isto de facto é vero, senhora. Os capitães de Portugal ainda teriam o arbítrio sobre esse comércio, pero não seriam lusos os mercadores a colher os benefícios de tais negócios...

– Lusos, mexicas, quíchuas... Eles que granjeiem as vantagens dos seus negócios! Que importa a nós, filhos d'algo de grã escol, que cepa de *pochtecatl* colherá os frutos do comércio nas Cabrálias? De qualquer maneira, a Coroa cobrará seus tributos e suas peitas, as arcas d'El-Rei tornar-se-ão ainda mais carregadas e Sua Majestade sentir-se-á deveras agradado com o senhor meu marido.

– Quiçá a senhora não está correcta? Dom Affonso de Albuquerque parece pensar que o futuro dessas plagas das Cabrálias não pertencerá só a lusos e tampouco às gentes de fala náuatle ou quíchua, pero que sim à raça mestiça que, segundo o Vice-Rei, surgirá da mistura dos sangues e das sementes de todos esses povos. A cada dia que passa, mais eu concordo com nosso compadre e contraparente.

– Rezo todas as noites à Santa Virgem e a Tezcatlipoca, para que o credo de Dom Affonso avulte em realidade.

– Cara senhora, não julguei que abominasse tanto assim a suserania d'El-Rei.

– Longe de mim fazê-lo, meu esposo e senhor. Apenas anseio para que os frutos de nossa união, a um só tempo filhos d'algo lusitanos e *teuclahtoh* mexicas, sejam os futuros governantes das Três Cabrálias, junto com os outros príncipes e princesas dessa estirpe valorosa que ora floresce dos ventres das *teteuctin* mexicas e acolhuas.

– E a senhora porventura imagina que tais governantes estariam no futuro sob o resguardo da Coroa de Portugal?

– Por decerto que sim, senhor meu marido! Jamais ousaríamos desafiar as ordens do Senhor dos Sete Mares. Pois que já testemunhamos copiosas vezes a desdita que se abate sobre aqueles que se atreveram a fazê-lo...

– Muito bem dito, Dona Xochiquetzal. – Dom Vasco me lançou um olhar sisudo que, no entanto, não conseguiu ocultar um brilho de chiste. Então acrescentou, como se a tratar de questão de somenos. – Tomei minha decisão, cara senhora. Não tarde a tomar de vossa *xicálli*, antes que o *xocolatl* esfrie. Isto posto, vá e mande chamar o *Tlacateccatl*, vosso irmão. Eu próprio lhe direi que vos concedo minha mercê de modo a que ele obre com o Príncipe Cuxi Yupanque, de maneira a estabelecer sem detença essas tais feitorias.

Quase engasguei com o sorvo quente do *xocolatl* que me desceu à garganta.

Pero que não tardei a me recobrar e sorrir, agradada com a decisão de meu senhor.

Ele retribuiu o sorriso e acenou com a taça de tinto quase cheia, para que eu me apressasse em fazer com que Itzcoatl e Cuxi Yupanque chegassem à sua presença.

Uma nova aurora amanhecia nas Cabrálias. Uma aurora benfazeja para meus filhos e os demais lusíadas, frutos das sementes lusas e mexicatl.

Linha histórica alternativa

1488 (*chicnahui tecpatl*; **9-sílex**) – Naufrágio da flotilha de Bartolomeu Dias (1450-1488) no Cabo das Tormentas.

1489 (*matlactli calli*; **10-casa**) – Dom João II (1455-1495) aceita a proposta do navegador genovês Cristóvão Colombo (1451-1519) para chegar às Índias navegando para o poente.

1490 (*matlactloce tochtli*; **11-coelho**) – Colombo descobre a América para Portugal.

1491 (*matlactlomome acatl*; **12-junco**) – Segunda Viagem de Colombo ao Novo Mundo. Descoberta de Cuba e Lusitânia (Hispaniola em nossa linha histórica).

(**1491-1493**) – Início da colonização de Cuba e Lusitânia.

1494 (*ome tochtli*; **2-coelho**) – Quarta Viagem de Colombo ao Novo Mundo. Colombo aporta na foz do Amazonas.

1495 (*ei acatl*; **3-junco**) – Morte de El-Rei Dom João II. Dom Manuel coroado El-Rei de Portugal.

1498 (*chicoace tochtli*; **6-coelho**) – Gaspar de Corte-Real (1450-1515) explora o litoral do que iria se tornar a região do Novo Douro (Nova Inglaterra em nossa linha histórica) na Cabrália do Norte.

1499 (*chicome acatl*; **7-junco**) – Pedro Álvares Cabral (1460-1531) descobre a Terra do Cruzeiro do Sul, posteriormente batizada em sua homenagem.

1500 (*chicuey tecpatl*; **8-sílex**) – Quinta Viagem de Colombo ao Novo Mundo. Fundada a Vila de Nova Lisboa na Ilha de Mana-Rata. Primeiro vilarejo da Cabrália do Norte.

1501 (*chicnahui calli*; **-casa**) – Nasce Itzcoatl, primogênito do Príncipe Motecuhzoma, um dos pretendentes ao manto turquesa de Venerando Porta-voz. Futuro Huey Tlatoani Itzcoatl Xocoyotl, governou Anáhuac entre 1540 (*chicnahui tecpatl*; 9-sílex) e 1555 (*matlactlomome acatl*; 12-junco).

1502 (*matlactlitochtli*; **10-coelho**) – Motecuhzoma Xocoyotl (1466-1532) torna-se Huey Tlatoani (Venerando Porta-voz) da Tríplice Aliança estabelecida entre as três maiores metrópoles de Anáhuac: Tenochilitão, Texcoco e Tlacopão. Passou à posteridade histórica européia sob o nome de "Montezuma II".

1503 (*matlactloce acatl*; **11-junco**) – Cabral estabelece aliança com as tribos tupis e funda a feitoria do Rio de Janeiro na Baía de Guanabara.

1504 (*matlactlomome tecpatl*; **12-sílex**) – Nasce a Princesa Xochiquetzal, décima oitava filha do *Huey-Tlatoani* Motecuhzoma Xocoyotl.

1504 (*matlactlomome tecpatl*) – Primeiro contato entre navegadores portugueses e pochtecatl mexicas na Península do Iucatão.

1505 (*matlactlomei calli*; **13-casa**) – Guerra Civil em Espanha entre castelhanos e aragoneses, após a morte da Rainha Isabel de Castela no ano anterior. Fernando de Aragão e o segmento da nobreza castelhana que se mantém leal ao monarca passam os onze anos seguintes subjugando o reino de Aragão e a nobreza nativa rebelada que acusa o monarca de *¡Castellano!*

1506 (*ce tochtli*; **1-coelho**) – Primeira menção do nome "Cabrália" em carta de navegação lusa.

1507 (*ome acatl*; **2-junco**) – Fundado o Arraial de Cabo Frio às margens do Canal de Itajuru. Primeiro vilarejo da Cabrália do Sul.

1507 (*ome acatl*) – Início de um novo *feixe* de anos em Anáhuac.

(**1508-1510**) – Affonso de Albuquerque (Affonso o Grande; 1453-1527) avassala o Reino Mexica para Portugal e se torna o primeiro Vice-Rei do México. Em presença de Albuquerque, o *Tlatoani* Motecuhzoma II jura vassalagem a Dom Manuel o Venturoso. Esse monarca tornou-se posteriormente mais conhecido pelo epíteto de "Senhor dos Sete Mares". Entre os mexicas, Dom Manuel é cognominado de "O Rei dos Reis".

1509 (*nahui calli*; **4-casa**) – Fundado o Vilarejo do Rio da Prata. Os portugueses ouvem os primeiros relatos sobre a existência de um "Rei Branco", modo pelo qual os indígenas sul-cabralinos se referiam ao soberano do Império Inca.

1511 (*chicoace acatl*; **6-junco**) – Cerca de quinhentos *teuclahtoh* (nobres hereditários) e *teteuctin* (lordes) mexicas e acolhuas, filhos da mais elevada nobreza da Tríplice Aliança, são levados para Portugal a fim de receber educação cristã. Então com sete anos, Xochiquetzal desembarca em Lisboa a Branca. Em verdade, não obstante o fato de receberem educação esmerada e tratamento condizente à posição de filhos-d'algo, os *teteuctin* são de fato reféns de luxo. Sua estada na Europa impede que os *tlatoque* de Anáhuac sequer cogitem a revolta.

1512 (*chicome tecpatl*; **7-sílex**) – Dom Vasco da Gama (1460-1529), braço-direito de Affonso de Albuquerque, nomeado Governador-Geral da Cabrália do Norte.

1512 (*chicome tecpatl*) – Affonso o Grande auxilia os mexicas a conquistar grande vitória militar contra os tlaxcalas.

1516 (*matlactloce tecpatl*; **11-sílex**) – Fim da Guerra Civil Aragão-Castela. Carlos I, neto de Fernando e Isabel, sobe ao trono da Espanha Unificada.

1517 (*matlactlomome calli*; **12-casa**) – Fernão de Magalhães (1460-1520) circunavega a Cabrália do Sul rumo ao Mundo Oceano (Pacífico em nossa linha histórica). Os portugueses ainda estão em busca de um caminho marítimo para as Índias.

1517 (*matlactlomome calli*) – Aos treze anos, Xochiquetzal regressa a Anáhuac.

1518 (*matlactlomei tochtli*; **13-coelho**) – Fernão de Magalhães estabelece o primeiro contato direto dos portugueses com o Tahuantinsuyu (Império Inca). Os emissários do Inca Huayna Capac (1450-1525) trocam presentes com os portugueses. Fernão de Magalhães e uma pequena comitiva são recebidos na corte do Inca em Cusco nas Alturas.

1518 (*matlactlomei tochtli*) – Dom Vasco da Gama desposa a Princesa Xochiquetzal em cerimônia oficial na corte do Tlatoani Montezuma II em Tenochilitão. Na mesma ocasião, Dom Affonso de Albuquerque desposa a Princesa Chalchiunenetl, filha do Huey Tlatoani Motecuhzoma II Xocoyotl com sua esposa principal, a princesa acolhua, Senhora Dona Tolana-Teciuapil.

1519 (*ce acatl*; **1-junco**) – Morte de Cristóvão Colombo em mãos de comerciantes maias na Ilha de Cozumel.

1519 (*ce acatl*) – A Esquadra de Vasco da Gama (1469-1527) bombardeia e destrói o entreposto maia em Cozumel.

1520 (*ome tecpatl*; **2-sílex**) – Fernão de Magalhães descobre o Caminho Marítimo para as Índias através do Mundo Oceano. Magalhães aporta em Calicute, mas é torturado e morto por ordem do Samorim.

1520 (*ome tecpatl*) – Nasce Affonso da Gama, da união de Dom Vasco da Gama e Dona Xochiquetzal, futuro Huey Tlatoani da Tríplice Aliança, sob o nome de Gama Ocelotl, governou Anáhuac entre 1555 (*matlactlomome acatl*; 12-junco) e 1560 (*nahui tecpatl*; 4-sílex).

1521 (*ei calli*; **3-casa**) – Dom Vasco da Gama escreve uma carta a El-Rei, pleiteando o comando da Esquadra da Vingança cuja construção ele supervisionava no porto de Santa Cruz, na Ilha da Mana Rata e nos novos estaleiros erigidos na Vila do Rio da Prata. Dom Manuel lhe concede tal mercê em virtude do desempenho daquele Capitão-Mor dois anos antes na campanha de Cozumel.

1522 (*nahui tochtli*; **4-coelho**) – Nasce Fernão da Gama, da união de Dom Vasco da Gama e Dona Xochiquetzal.

1522 (*nahui tochtli*) – A Esquadra da Vingança desferra da Vila do Rio da Prata rumo ao Estreito de Magalhães, à feitoria lusa em Chanchão de Adobe e, finalmente, às Índias e a Calicute.

1523 (*macuilli acatl*; **5-junco**) – Vasco da Gama

e a Esquadra da Vingança chegam a Costa de Malabar. Bombardeio e chacina em Calicute.

1523 (*macuilli acatl*) – Com apoio luso, os exércitos do Tlatoani Montezuma II conquistam vitória decisiva sobre os tarascas. O Reino Tarascatl torna-se Estado vassalo do Império Culhua-Mexica. Tangaxoan III é mantido no trono tarascatl, mas é obrigado a pagar tributos pesadíssimos à Tríplice Aliança de Tenochilitão-Texcoco-Tlacopão.

1523 (*macuilli acatl*) – Carlos I reúne naus e exércitos para a invasão da Cabrália do Norte e do Vice-Reino do México.

1524 (*chicoace tecpatl*; **6-sílex**) – Forças castelhanas desembarcam no Novo Douro e sitiam a cidade lusa de Nova Lisboa, sede do governo-geral da Cabrália do Norte, situada na Ilha de Mana-Rata. Com apoio de seus aliados iroqueses, o Governador-Geral Dom Antônio de Ataíde consegue resistir ao cerco até receber reforços enviados pelo Vice-Rei do México.

1524 (*chicoace tecpatl*) – No comando da Esquadra do Mundo Oceano, Dom Vasco da Gama descobre o Caminho Marítimo para Portugal e regressa ao Oceano d'El-Rei (Atlântico) pelo Cabo das Tormentas. Após breve passagem pelo arquipélago de Cabo Verde, engaja com as forças navais de Espanha no Mar das Antilhas.

1525 (*chicome calli*; **7-casa**) – Esquadra do Mundo Oceano em Chanchão, capital da província Chimor, em Tahuantinsuyu. Envolvimento lusitano e mexicatl na guerra fratricida entre Atahualpa e Huáscar.

1526 (*chicuey tochtli*; **8-coelho**) – Forças lusíadas e incaicas leais ao Príncipe Atahualpa são recebidas em triunfo em Cusco nas Alturas.

1527 (*chicnahui acatl*; **9-junco**) – A Esquadra do Mundo Oceano fundeia na enseada de Santa Cruz, no Golfo Mexicatl.

1529 (*matlactloce calli*; **11-casa**) – Morte de Dom Vasco da Gama em Tenochilitão.

Linha histórica real

Abaixo estão relacionados alguns eventos históricos relevantes abordados tácita ou explicitamente em *Xochiquetzal.*

Embora reconheça que para muitos leitores os eventos citados devam de fato constituir redundância desnecessária, imagino que, para outros este apêndice acabe se convertendo em subsídio, se não valioso, ao menos interessante.

Para o autor, as informações aqui coligidas constituíram-se numa ferramenta útil para a construção do pano de fundo do romance.

1472 – João Vaz Corte Real e Álvaro Martins Homem atingem a Terra Nova.

1488 – Bartolomeu Dias (1450-1450) dobra o Cabo das Tormentas. Caravelas portuguesas atingem o Oceano Índico.

1492 – Julgando ter atingido as Índias, o navegador genovês Cristóvão Colombo (1451-1506) descobre a América.

1498 – Esquadra de Vasco da Gama (1469-1524) aporta em Calicute. Portugueses descobrem o caminho marítimo para as Índias.

1500 – Comandante de uma nau da esquadra de Cabral, Vasco de Ataíde desaparece em naufrágio próximo ao arquipélago de Cabo Verde.

1500 – A caminho das Índias, Pedro Álvares Cabral (1460-1526) aporta em Porto Seguro e toma posse do Brasil para Portugal.

1500 – Gaspar Corte Real atinge a Terra Nova.

1501 – Cabral cai em desgraça após recusar o comando da Esquadra da Vingança.

1502 – No comando da Esquadra da Vingança, Vasco da Gama ordena o bombardeio de Calicute. O samorim se submete aos portugueses.

1503 – Dom Manuel o Venturoso (1469-1521) nomeia Afonso de Albuquerque o Grande (1453-1515) vice-rei de todas as possessões portuguesas na Ásia. Construção das primeiras fortalezas portuguesas em Ásia.

1504 – Morte de Isabella I, Rainha de Castela.

1507 – Afonso de Albuquerque captura Ormuz.

1509 – Francisco de Almeida captura Diu.

1510 – Albuquerque captura o distrito indiano de Goa.

1511 – Albuquerque conquista incorpora Málaca ao Império Português.

1519 – Sob bandeira espanhola, o navegador português Fernão de Magalhães (1480-1521) inicia a primeira viagem de circunavegação do globo terrestre.

1519 – Os conquistadores espanhóis de Hernán Cortés (1485-1547) adentra na cidade imperial de Tenochtitlán e se encontra com o Huey Tlatoani Motecuhzoma Xocoyotl (1480-1520).

1520 – Após se deixar aprisionar por Cortés, Motecuhzoma morre apedrejado por seus próprios súditos. Mexicas se revoltam e expulsam as forças castelhanas de sua capital. Cuitlahuac torna-se Huey Tlatoani dos mexicas. *La Noche Triste.* Cuitlahuac morre de varíola. Cuauhtemoc torna-se o último Huey Tlatoani.

1521 – Cortés retorna a Tenochtitlán com reforços e sitia a capital mexica. Conquista de Tenochtitlán.

1524 – Vasco da Gama é nomeado vice-rei da Índia.

1527 – O Sapa Inca de Tahuantinsuyu Huayna Capac morre de varíola próximo à fronteira norte do Império.

1529-1532 – Guerra Civil no Império Inca entre os exércitos dos príncipes imperiais Atahualpa (1497-1533) e Huáscar.

1532 – As forças castelhanas de Francisco Pizarro (1476-1541) capturam o Sapa Inca Atahualpa em Cajamarca.

1533 – Execução de Atahualpa.

1542 – Os portugueses Fernão Mendes Pinto, Diogo Zeimoto e Cristóvão Borralho chegam ao Japão.

1552 – Considerado o Tito Lívio português, João de Barros (1496-1570) publica seu monumental *Décadas de Ásia.*